Tucholsky Wagner Zola Scott Sydow Freud Schlegel
Turgenev Fonatne
Wallace Fouqué Friedrich II. von Preußen
Twain Walther von der Vogelweide Freiligrath Frey
Weber Kant Ernst Richthofen Frommel
Fechner Fichte Weiße Rose von Fallersleben Hölderlin
Engels Fielding Eichendorff Tacitus Dumas
Fehrs Faber Flaubert Eliasberg Ebner Eschenbach
Feuerbach Maximilian I. von Habsburg Fock Zweig Vergil
Ewald Eliot London
Goethe Elisabeth von Österreich
Mendelssohn Balzac Shakespeare Dostojewski Ganghofer
Lichtenberg Rathenau Doyle Gjellerup
Trackl Stevenson Hambruch Droste-Hülshoff
Mommsen Tolstoi Lenz Hanrieder
Thoma von Arnim Hägele Hauff Humboldt
Dach Verne Rousseau Hagen Hauptmann Gautier
Karrillon Reuter Garschin Defoe Hebbel Baudelaire
Damaschke Descartes Hegel Kussmaul Herder
Wolfram von Eschenbach Dickens Schopenhauer Rilke George
Bronner Darwin Melville Grimm Jerome Bebel Proust
Campe Horváth Aristoteles Voltaire Federer Herodot
Bismarck Vigny Barlach Heine
Gengenbach
Storm Casanova Tersteegen Gilm Grillparzer Georgy
Chamberlain Lessing Langbein Gryphius
Brentano Lafontaine
Strachwitz Claudius Schiller Kralik Iffland Sokrates
Katharina II. von Rußland Bellamy Schilling
Gerstäcker Raabe Gibbon Tschechow
Löns Hesse Hoffmann Gogol Wilde Gleim Vulpius
Luther Heym Hofmannsthal Klee Hölty Morgenstern Goedicke
Roth Heyse Klopstock Kleist
Luxemburg Puschkin Homer Mörike Musil
Machiavelli La Roche Horaz
Navarra Aurel Musset Kierkegaard Kraft Kraus
Nestroy Marie de France Lamprecht Kind Kirchhoff Hugo Moltke
Laotse Ipsen Liebknecht
Nietzsche Nansen Ringelnatz
Marx Lassalle Gorki Klett Leibniz
von Ossietzky May vom Stein Lawrence Irving
Petalozzi Knigge
Platon Pückler Michelangelo Kock Kafka
Sachs Poe Liebermann Korolenko
de Sade Praetorius Mistral Zetkin

Der Verlag tredition aus Hamburg veröffentlicht in der Reihe **TREDITION CLASSICS** Werke aus mehr als zwei Jahrtausenden. Diese waren zu einem Großteil vergriffen oder nur noch antiquarisch erhältlich.

Symbolfigur für **TREDITION CLASSICS** ist Johannes Gutenberg (1400 — 1468), der Erfinder des Buchdrucks mit Metalllettern und der Druckerpresse.

Mit der Buchreihe **TREDITION CLASSICS** verfolgt tredition das Ziel, tausende Klassiker der Weltliteratur verschiedener Sprachen wieder als gedruckte Bücher aufzulegen – und das weltweit!

Die Buchreihe dient zur Bewahrung der Literatur und Förderung der Kultur. Sie trägt so dazu bei, dass viele tausend Werke nicht in Vergessenheit geraten.

Aus den Memoiren einer Berliner Range

Ernst Georgy

Impressum

Autor: Ernst Georgy
Umschlagkonzept: toepferschumann, Berlin

Verlag: tredition GmbH, Hamburg
ISBN: 978-3-8424-0496-0
Printed in Germany

Ziel der TREDITION CLASSICS ist es, tausende deutsch- und fremdsprachige Klassiker wieder in Buchform verfügbar zu machen. Die Werke wurden eingescannt und digitalisiert. Dadurch können etwaige Fehler nicht komplett ausgeschlossen werden. Unsere Kooperationspartner und wir von tredition versuchen, die Werke bestmöglich zu bearbeiten. Sollten Sie trotzdem einen Fehler finden, bitten wir diesen zu entschuldigen. Die Rechtschreibung der Originalausgabe wurde unverändert übernommen. Daher können sich hinsichtlich der Schreibweise Widersprüche zu der heutigen Rechtschreibung ergeben.

Ernst Georgy.

Aus den Memoiren einer Berliner Range.

1899

Meinen lieben Freunden
Paul und Grete zugeeignet.

Erstes Kapitel

Der Müllwagenausflug.

»Mutta – Mutta –« gellte es über den Hof. Der schrille Klang der hellen Kinderstimme lockte verschiedene Dienstmädchen ans Fenster. »Bachs Jöhre brüllt lauter wie die größte Trompete, – was will sie denn nu schon wieder?« fragte eins der menschenfreundlichen Geschöpfe und sah nach der zweiten Etage empor, wo sich der glattgescheitelte Kopf von Frau Bach mit halb lachendem, halb wütendem Ausdruck zeigte.

»Lotte! Was willst du? Schrei' bloß nicht so, man denkt ja, dir ist was passiert!« rief die Mutter und schaute auf ihren hoffnungsvollen Sprößling herab. »Mädel, wie siehst du bloß wieder aus!« kam es ärgerlich hinterher, denn die spürenden Augen entdeckten sofort, daß die weiße Schürze schwarz geworden war, daß der dicke blonde Zopf sich aufgelöst hatte. Die starken Haarmassen hingen zerzaust um das frische, blühende Kindergesichtchen.

»Bitte 'ne Stulle, Mutta, – aber 'ne recht dicke, ich hab' so 'n Hunger! – Du, Mutta, ich bin zwei 'rauf gekommen. Anne hat nichts gekonnt, und Frida hat gefehlt, da kommt sie letzte, fein! – Was? Herr Schulze war mächtig anständig, er hat mir gut unter die Rechenarbeit ge... Du, Mutta, Fräulein Schmid hat mich angeschnauzt, du sollst mir nicht immer Doppelstriche ziehen. Siehste, ich hab's gleich gesagt! Morgen schreiben wir Diktat!«

Bis hierher hatte Frau Bach die Schulchronik geduldig angehört. Sie wußte, daß diese Litanei so lange dauerte, bis das Dienstmädchen die Schnitte gestrichen und eingewickelt hatte. Bei dem Worte »Diktat« verfinsterte sich ihr gutes Gesicht plötzlich. Mit einer Energie, die sich nur vor diesen kritischen Tagen einstellte, sagte sie kategorisch: »Dann kommst du sofort herauf, wir wollen erst wiederholen!«

»Ach nee, liebstes gutes Muttachen, wir wollen doch vor Tisch Indianer spielen! Bitte, bitte, laß mich doch unten!« schmeichelte Lotte. »Du weißt doch, daß Haffners Jungen nachmittags Nachhilfestunden haben!«

»Ach bitte, lassen Sie doch Lotte im Garten,« flehte jetzt eine Knabenstimme aus dem vierten Stockwerk, »ich bin grade fertig mit dem Tomahawk! Ach ja, Frau Bach?«

Die also von zwei Seiten bestürmte Dame blickte einen Moment ratlos hinauf. Dann aber schüttelte sie den Kopf: »Nein, Max, es geht nicht. Ich kenne euch schon, wenn Lotte nicht jetzt arbeitet, ist sie so verspielt, daß sie mir nachher nicht aufpaßt. Es bleibt dabei, du kommst sofort herauf: Erst die Pflicht, dann das Vergnügen!«

Ein kurzes Kopfnicken, bums, war das Fenster zu. Die Tyrannin achtete weder auf Mäxchens tief enttäuschtes Gesicht, noch auf die furchtbare Schippe, die ihre Tochter zog. Das kleine Mädchen starrte nachdenklich, wie versteinert von der Grausamkeit vor sich hin, dann stampfte sie einige Male wutentbrannt mit den kräftigen Füßchen auf den Boden. Langsam trollte sie sich nach dem hinteren Treppenaufgang, blieb vor den Stufen stehen und bläkte ohne jeden Grund dem unschuldigen Mäxchen die rote Zunge aus. Ein knurriges: »Schafskopf!« klang zu ihm herauf, trotzdem er doch sowohl an dem Diktat als an dem mütterlichen Befehl unschuldig war.

Nun auch gereizt, erwiderte er sofort mit einem vernehmbaren »Affenschwanz.«

»Schweig!«

»Schweig du!«

Als Lotte ihr Köpflein noch einmal aus dem Flurfenster steckte, wütete der Spielkamerad: »Na, komm' du man 'runter, dann kriegste Kloppe!«, was nur mit einem satanischen Hohngelächter beantwortet wurde. – So war der Krieg wie immer schon erklärt, ehe noch das Spiel begonnen hatte. Frau Bach wunderte sich allabendlich, wenn sie ihr Töchterlein vor der Nacht »abrubbelte«, woher das Kind soviel blaue Flecke hatte. Klein-Lottes Corpsgeist war aber so entwickelt, daß sie sich lieber für einen »Tollpatsch« und »Hansguck-in-die-Luft, der sich überall stößt« erklären ließ, als die freundnachbarlichen täglichen Raufereien zu verraten. An dem schönen Décolté der Arme lag ihr damals noch sehr wenig.

Der Regierungsrat Bach hatte die Mittagstafel aufgehoben und die nötigen Anordnungen erteilt. Er, die Mama und die beiden Erwachsenen, zwei ältere Töchter, sollten am Nachmittage eine Landpartie nach Hundekehle mitmachen, daher blieb Lotte allein mit dem Dienstmädchen. Sie bekam einen Entschädigungssechser für Blockzucker, einen ganzen Sack voll Ermahnungen, mehrere strenge Verhaltungsbefehle und unzählige Küsse, ehe die andern das Haus verließen. – Frisch gewaschen, gekämmt und ordentlich gekleidet erschien sie wenige Minuten später im Garten. Ein Freudengeheul der drei Spielgefährten empfing sie, vergessen war die versprochene »Kloppe« und die Personalinjurien. Max Helm vom Kanzleidirektor, Fritz und Franz vom Major Haffner waren froh, daß die Vierte in ihrem Bunde erschien und die holde Weiblichkeit auch in ihrem Kreise vertreten war. Die Frage: »Was thun wir jetzt?« regte heute die jugendlichen Gemüter wenig auf. Es galt, das Indianerdorf bis Sonntag fertigzustellen, wo sich, durch Vettern und Muhmen verstärkt, stets eine ganze Horde Kinder in dem großen Garten einfand, der zum Hause gehörte. Mit Feuereifer ging man ans Werk, das erste Zelt zu errichten. Dazu gehörten nun allerdings lange Stangen, und, Fritzens Frage: »Wo kriegen wir die Stangen her?« war berechtigt. Die Meinungen flogen hin und her. Max schlug vor, eine aus dem Weinspalier zu ziehen. Diesem Ratschlag kam man sofort nach, und die kleinen Vandalen unternahmen einen Angriff auf das Spalier, den Stolz des Hausbesitzers. Es glückte ihnen, mit Zangen und Messern ein langes Stück Holz loszureißen; die abgeschlagenen Ranken, die Blätter, der Mörtel der Wand, welcher abbröckelte, wurden sorglich entfernt, damit die Spuren ihres Raubes nicht zu merken waren.

»Mit ein' solch Ding kann man nischt machen!« meinte Franz trocken, der sich stets derselben Ausdrucksweise bediente, wie Vaters jeweiliger Bursche. »Ihr seid Dösköppe!« worauf Lotte echt weiblich sofort einschaltete: »Selber einer«. Um Weiterungen vorzubeugen, fuhr sie aber rasch fort: »Wißt ihr was? Kühne (der Portier) hat massig so 'ne Sachen in der Kabuse auf dem Hof. Da können wir ihm ein paar mopsen. Er thut uns nichts, weil Papa ihm erst gestern einen alten Anzug geschenkt hat!«

Mit weitausholenden Schritten unternahm sie sofort die Führung ihrer Bande. Nach vorsichtiger Um- und Ausschau schlüpften die vier Verschworenen in die halbdunkle »Kabuse«, eine ausgediente Remise, und begannen ihre lichtscheue Untersuchung.

Plötzlich winselte Fritz vor Freude.

»Was hast du denn?« fragte Lotte, die hoch oben auf einem Bretterhaufen kramte, erschreckt innehaltend.

»Kühnes Schnapspulle!« ächzte Fritz vor Begeisterung, »die habe ich schon lange gesucht!«

Im Augenblick war er umringt, und mit glänzenden Augen starrten die Kinder auf die festverkorkte alte Bierflasche. Sie erschien ihnen als der Zauberstab einer unbekannten Gottheit, denn wenn Kühne sie nach zärtlicher Betrachtung an den Mund setzte und langsam schlucksend leerte, wurde er ein andrer. Seine verschwommenen Aeuglein blinzelten, die große, schwere Gestalt schwankte torkelnd hin und her.

»Wonnig!« wiederholte der zweite Haffner darum noch einmal und entkorkte sie, sein keckes Stubsnäschen auf die entstandene Oeffnung drückend. »Puh, das schtinkt!« meinte er atemholend. Alle rochen neugierig an dem Fusel.

»Ich möchte mal kosten,« flüsterte Franz aufgeregt und stand erst von dem Versuche ab, als Lotte ihn nachdrücklich »Schwein!« titulierte. Sie entriß ihm das Gefäß, hockte auf einem Faß nieder und sah es sinnend von allen Seiten an. Plötzlich drehte sie die Flasche um und ließ einen guten Teil des Inhalts auf die Erde laufen. Die drei andern waren starr vor Entsetzen. »Bist du verrückt, Mädel?«

»Nee, noch nich'. Max, lauf' mal an die Pumpe und hole in dem Blechtopf Wasser, schnell!« kommandierte sie.

Die Jungen verstanden sie sofort und blickten sie ob ihrer Idee bewundernd an. Max verschwand und kehrte nach wenigen Sekunden mit dem gefüllten Topf zurück. Eine kleine Spinne, Staub und Sägespäne schwammen oben auf dem Wasser und wurden von Lottchen geschickt mit in den Fuselrest hineingegossen. Kühne soll an jenem Abend nach dem heimlich eingenommenen Labsal weit weniger als sonst getaumelt haben. Man weiß nicht einmal, ob er die Tücke gemerkt hat, jedenfalls schwieg er sich aus. Wenn aber die Flasche reden könnte, so würde sie verraten, daß ihr Eigentümer ein grimmiges: »Verfluchte Bälger!« vor sich hingemurmelt hat.

Lotte und Konsorten hatten eben Kühnes »stille Liebe« an ihren Platz zurückgestellt, als ein donnerndes Gepolter sie von weiterem Suchen nach Stangen abhielt. Wie der Wind flogen sie aus der Remise hinaus und brachen in die Jubelrufe aus: »Der Müllwagen kommt! Hurra, der Müllmann!« Und richtig, da fuhr schon der große, schwerfällige Wagen, von zwei kolossalen Gäulen gezogen, in den Hof ein. Damals befand sich auf diesem noch eine tiefe, mit Brettern gedeckte Schuttgrube, die alle Woche einmal von zwei Männern geleert wurde, welches Ereignis der Kinder Wonne und höchstes Interesse erweckte. Seit einigen Monaten hatten sie sich mit Knautschke und Kulike, so hießen jene »Lumpenmätze«, innig angefreundet Den Vätern war manche Cigarre zum Besten der braven Freunde abgebettelt worden. – Alles, was die Welt Schönes bot, vereinigte sich nach Knautschkes Ansicht in Lotte Bach. Er vergötterte das Kind, soweit dies bei seiner angebornen Plumpheit möglich war, und brachte ihr fast immer einen Zweig Kirschen oder ein paar Blumen mit. Die »infam süße Krabbe« nahm diese Proletarierhuldigung mit gönnerhaftem Hochmute hin. Auch heute spannte er sofort »Lise«, das Handpferd, aus und ließ Lotte und die Jungen auf dem Hofe spazieren reiten, zum Gaudium der gesamten Dienstboten, die von oben zuschauten. Während Kühne dem Kulike beim Leeren und Aufladen half, entspann sich zwischen den Kindern und ihrem Freund ein heiteres Gespräch: »Sie, Knautschke, wieviel Fuhren haben Sie heut schon gemacht?«

»Ick? Vierzehn!«

»Was macht Ihre Mutter?«

»Danke, et jeht wieder, se hat's nur 'nen bisken int linke Bein!«

»Was macht denn Kulikes Braut?« fragte der Chorus ernst und interessiert.

»Die is nach Wriezen zu ihren Vater 'runterjemacht«.

»Was thut sie denn da?«

»Na, se will ihre Kledasche in Ordnung bringen.«

»Die ist wohl reich?«

»Na und ob! Dreihundert Mark hat se mang de Sparkasse«.

»Donnerwetter!« rief Max und nickte bewundernd mit dem Kopf.

»Knautschke, wo fahren Sie jetzt hin?« unterbrach Lotte das ehrfurchtsvolle Staunen ihrer Genossen.

»Uf 't Feld, hier is de letzte Fuhre!«

»Ist das weit?«

»Ne, sonne fufzehn bis zwanzig Minuten, hintern Botanischen,« entgegnete er und sah heimlich entzückt auf seine kleine Freundin hoch zu Roß.

»Ach, da möchte ich mit,« stöhnte sie sehnsüchtig und ließ ihre blauen Augen ins Weite schweifen.

»Könnt ihr ja,« meinte der Kutscher, »die zwee Jungens setzen sich vorn bei uns mit 'ruff, Lotte un' du, Maxeken, stehst hinten uffs Brett. Wir jondeln los, laden ab, un' in eene Stunde seid 'r widder hier, dat 's Ende von weg is!«

Ein Schweigen trat ein, wie es die Seelenkämpfe verlangten, die jetzt in den Herzen des Quartetts zu toben begannen. – Was würden die Eltern sagen? Würden sie böse sein? Wenn's nun Schläge gab? – Ratlos, verlegen tauschten sie Blicke aus, alle hatten ein grenzenloses Verlangen danach. Alle hatten sie Angst in dem richtigen Gefühl, daß Vater und Mutter nicht gerade begeistert sein würden! Aber der Feuerbrand war geschleudert, und Knautschke, der Urheber, sah sie antwortheischend an.

»Wenn Papa 's erfährt, kriegen wir Mordskeile,« sagte Franz ernst.

»Er erfährt ja nischt, wer soll 'm denn wat sagen!« stichelte der Versucher laut.

»Ich möchte für mein Leben gern,« schrie Lotte. »Onkel Doktor hat nur ein Pferd, und mein größter Wunsch war schon lange, zweispännig zu fahren. Woll'n wir doch!«

»Ich möchte auch!« rief Max.

»Na, thun wir's doch!« drängte Fritz.

Noch ein kurzes Hin und Her, und es war entschieden. Der Müllwagen fuhr langsam aus dem Hause. Die Jungen rannten nach ihren Mützen, Lotte raste hinauf nach einer weißen Schürze und dem Hute. – Ein paar Häuser weiter holten sie die hochbeladene

Müllequipage ein; die beiden Männer warteten schon auf sie. Max und Lotte stellten sich hinten auf das breite Trittbrett; Franz und Fritz wurden auf die schmale Bank zwischen Knautschke und Kulike gesetzt. »Himmlisch!« sagte Lotte, aus voller Brust Atem schöpfend, als die Fahrt langsam begann. Sie puffte den kleinen Helm fast herunter vor Entzücken. »Du, sieh doch, du Esel, wir fahren zweispännig!«

Heute, in diesem seligen Momente, vergaß er die übliche Entgegnung. »Ich möchte jetzt direkt zu den Indianern oder zu Robinson!« meinte er träumerisch.

Vorn auf dem Bock begann eine lebhafte Unterhaltung. Lotte drehte sich um und sah, wie die beiden Höschensitze der Majorsjungen schon eine weiße Färbung angenommen hatten. Der Wagen »stuckerte« ein bißchen stark, und da flogen die Sitzenden denn immer auf und nieder, was die Reize des Ausflugs erhöhte; wenigstens brüllten Haffners vor Wonne. Lotte betrachtete sinnend die Ladung, und unwillkürlich rümpfte sich ihr Näschen: Schutt, Asche, Lumpen, Speisereste und andere Vergänglichkeiten strömten nicht gerade Frühlingsdüfte aus. Sie konnte die Bemerkung nicht unterdrücken: »Eigentlich stinkt's ja mörderisch!«

»Quatsch!«

»Schweig!«

»Schweige du!« Damit war auch dies Intermezzo ohne Rauferei nach neuester diplomatischer Methode erledigt.

Als man aus den Hauptstraßen herauskam, setzten sich die Gäule in einen flotten Trab. Jetzt fuhr man nicht nur, sondern man hatte Tanzen und Schaukeln noch obendrein gratis. Lotte bemerkte sehr richtig: »Ei fein! So war's auch auf dem Stettiner Haff, als wir im Sommer fort waren! Die Mädel würden hier auch seekrank werden!«

Max war noch immer in seine Träume versunken. Er biß nicht recht an. Auf einmal quiekte Lotte wie eine Besessene: »Erna, Erna! Etsch, ich fahre!« Sie hatte eine Schulkollegin entdeckt, die ihr erstaunt, ihren Augen nicht trauend, nachsah. »Ach, das gönne ich ja der dummen Gans,« lachte sie strahlend, die platzt ja vor Neid! – Wenn mich doch bloß ein Lehrer oder eine Lehrerin sehen würde!«

Aber nicht alle Freuden sind vollkommen. Heute sah sie keinen der sonst so wenig herbeigewünschten Pädagogen.

Der Abladeplatz war erreicht. Unser Quartett jagte sich auf dem weiten Felde, wälzte sich in dem kalkig weißen Grase und half Knautschke und Kulike bei der Arbeit, bis ihnen der Schweiß herabrann. Nach verschiedenen Luftsprüngen wurden sie jetzt alle vier als einzige Last in den leeren Wagen verladen. Erst tanzten sie in dem freigewordenen Kasten. Dann auf dem schlechten Dammpflaster hockten sie nieder, und als die Straßen ebener wurden, ebbte auch ihr Jubel nach und nach. Zuletzt wurden sie sogar elegisch und sangen gemeinsam: »Wer hat dich, du schöner Wald, aufgebaut so hoch da droben!«, dabei die vorübergleitenden Häuserreihen ernst betrachtend.

An ihrer Ecke wurden sie von den jetzt maßlos geliebten Freunden nach vielem Dank und Händedrücken abgesetzt und schlüpften ins Haus. Der Jubel an der Landpartie hatte sich plötzlich gelegt. Oben auf dem Balkon stand der Major, denn es war sieben Uhr geworden. Und Franz und Fritz hatten die Nachhilfestunden vergessen. Verschüchtert schlichen die vier Sünder in die Wohnungen. Durch das offene Fenster hörte Lotte im vierten und zweiten Stockwerke klatschende Schläge und jämmerliches Gebrüll. Still mitleidend beweinte sie mit den Jungen diese schändliche Trübung des »himmlischen Nachmittags«.

Um acht Uhr kam die übrige Familie Bach von ihrem Ausflug heim. »Ich weiß nicht,« schnupperte die Regierungsrätin mißmutig, »bei uns ist eine elende Luft. Nach dem Waldozon die reine Pestilenz!«

»Du hast immer 'ne besonders feine Nase!« neckte Herr Bach; aber je näher er seinem Schlafzimmer kam, desto mehr zog auch er ärgerlich die Luft ein. Er stieß die Thür auf und prallte zurück: »Pfui, Donnerwetter, Lotte, was ist denn los!« – Seine Jüngste kam ihm anscheinend harmlos entgegen, um ihm einen Kuß zu geben. Er stieß sie empört zurück. »Das geht ja noch über Kanalisation! Donnerwetter, dazu bist du denn doch schon zu alt!«

Die Sache klärte sich endlich auf. Alle Fenster wurden aufgerissen und die zum Müllwagenausflug gebrauchten Kleidchen auf den Balkon zum Lüften gehängt. Lotte saß aber heulend in der Bade-

wanne und wurde fast erstickt mit heißem Wasser und Seifen-
schaum, während die Mutter sie zornschnaubend mit einer Bürste
bearbeitete.

Zweites Kapitel.

Das zerbrochene Drehkreuz im Zoologischen Garten.

»Etsch! Ich geh' nach 'n Zologschen und ihr nicht!« sagte Mäxchen Helm eines Morgens, als er die Genossen seiner Kindheit vor dem Hause traf. Haffners kamen aus dem Wilhelmsgymnasium und Lotte aus der Schule. Sie hatte rotverheulte Augen und machte das patzigste Gesicht, das im Bereich ihrer Fähigkeiten lag. Franz war ein begeisterter Verehrer des kleinen Mädchens und daher taktvoll genug, sie nicht nach der Ursache der Thränenströme zu fragen, die noch grauschwärzliche Spuren auf den dicken Bäckchen zurückgelassen hatten. Da sein Bruder hingegen weniger zartbesaitet war, fragte er alsogleich, was denn los wäre.

Ein verächtliches »Ph–P–« war die Antwort, und die rote Unterlippe schob sich energisch vor. »Haste nachgesessen?«

»Nich' für 'n Sechser, du Affe! Aber der Herz, das Scheusal« – es zuckte bereits wieder wetterleuchtend – »sitz' ich schon mal funfzehnte, und der Papa hat mir ein Luccaauge versprochen, wenn ich zur besseren Hälfte gehöre, und da – und da – kitzelt mich – die – die Frida unterm Tisch. Wie ich sie grade so recht schön am Zopf habe – fragt er mich so 'n ollen Quatsch von Karl dem Großen. Ich – kann nicht – und da – da setzt er mich zur Strafe sechs 'runter. Ch, ch,« damit begann von neuem ein herzbrechendes Schluchzen.

Ihre Seelenfreunde standen stumm vor solchem Schmerz, nur Franz entgegnete, die Fäuste ballend: »So 'n Schinder! Na, laß man, Lotteken, dem streichen wir's noch mal an. Die ollen Lehrer sind wahrhaftig nur zum Kinderquälen auf der Welt!«

Eine kleine Pause trat ein. Dann fragte Lotte plötzlich mitten aus den Gluckstönen heraus: »Mit wem gehste denn?« Ihren scharfen Inquisitorblicken war nicht entgangen, daß Mäxchen schon im Sonntagsanzuge steckte.

»Mit Tante Malchen, und ich darf zwei Stullen oder 'n Stückchen Kuchen essen und ein Glas Bier dazu trinken, hat sie mir versprochen!« Neidvoll sahen ihn die andern an. »Heute abend erzähle ich euch von den Nubiern, die sind jetzt da! Soll'n famose Knöppe sein und großartig reiten – wenn –« Plötzlich entdeckte er die gute Tante, die ihm dies Vergnügen bereiten wollte, in der Ferne. Sie kam langsam näher. Ohne einen Blick weiter an Lotte oder die Jungen zu verschwenden, trollte sich Max und sprang der Tante entgegen. Sie nahm den Neffen sogleich an die Hand und ging mit ihm weiter.

»Na, so was!« rief Fritz erstaunt, »läßt sich der große Bengel von der alten Tante führen! Er ist doch kein Baby mehr; dafür kriegt er noch seine Dresche.«

»Und überhaupt!« warf Lotte hin, ohne ihrem rätselhaften Einspruch eine nähere Erklärung hinzuzufügen.

Wie ein Hündchen den Schwanz furchtsam einzieht, wenn »Herrchen« irgend eine verbotene Unart entdeckt, so zeigte sich Bachs Jüngste heute von ihrer sanftesten Seite. Die sechs Plätze, die man sie, natürlich ungerechterweise, hinuntergesetzt hatte, lasteten auf ihrer Seele. Mit seltener Gewissenhaftigkeit begab sie sich sogleich an ihren Arbeitstisch, um die Schulaufgaben zu erledigen. In pomphafter Weise wurde der Plötz aufgeschlagen und mit Heften und Federn dekoriert. Es sollte auf alle Fälle so aussehen, als wäre sie in ihre Pflichten versenkt, wovon auch die häuslich hin und her schaltenden Schwestern überzeugt waren. »Das gute Kind« hatte schlauerweise in ihrer Mappe, die sie auf dem Schoße krampfhaft festhielt, ein Exemplar von Andersens Märchen verborgen und teilte ihre Zeit denn auch pflichtschuldigst zwischen dem »Reisekameraden « und zwei niedlichen Papierpuppen, die sie stets in ihren Büchern und Heften mit sich führte. – Sobald jemand das Zimmer betrat, summte Lotte mit lauter Stimme die Vokabeln vor sich hin, die sie im nächsten Momente wieder grausam ignorierte. So rückte die Zeit des Mittagessens heran. Zwei Minuten, ehe sie ins Speisezimmer gerufen wurde, sagte sie sich die Spalte französischer Worte einmal ernstlich auf und – konnte sie sogleich. Mutter Natur hatte sie nämlich mit einer ganzen Portion Verstand und einem phänomenalen Gedächtnis versehen. Diesem gütigen Umstande war es zu danken, daß die Versetzungen regelmäßig stattfanden, und daß die Zeugnisse meist mit folgender Notiz gekrönt waren: »Lotte ersetzt durch natürliche Begabung, was an Fleiß und Aufmerksamkeit fehlt.«

Der kleine Racker hatte wohl gesehen, daß diese Bemerkung die drohenden Wolken auf den Gesichtern der Eltern lichtete und manchmal sogar zu einem geschmeichelten Lächeln verklärte. Sie gewöhnte sich daran, die mündlichen Aufgaben stets bis zum letzten Augenblicke zu verschieben und – erreichte ja schließlich auch dasselbe.

Gerade als Lotte nach dem Kaffee in den Garten entschlüpfen wollte, klingelte es. Neugierig wie ein Spatz, blieb sie sofort lauschend stehen, um zu hören, wer da käme. Es waren zwei Cousinen der Mutter, die bei ihr in höchstem Ansehen standen. Sie hatte sich nämlich daran gewöhnt, Verwandte und Freunde je nach den Mitbringseln in verschiedene Kategorieen zu teilen, und auch ihre Sympathieen demgemäß eingerichtet. Da Tante Bertha und Emma es nie an den nötigen Bestechungen in Schokolade fehlen ließen und auch sonst »das süße Dingelchen« mit Bewunderung und Kosenamen aller Art verhätschelten, ging sie freiwillig zur Begrüßung in den Salon. – Huldvollst nahm Lottchen ihre Tüte in Empfang, ließ sich abküssen und legte in Fragen und Antworten einen solchen Freimut, daß Frau und Fräulein Bachs erleichtert aufatmeten, als sie endlich verschwand.

Die blitzschnelle Erwägung: »O weh, was hast du nun wieder angerichtet?« kreuzte ihr Hirn, als die Mama hinter ihr her kam.

»Höre mal, Lotte! Nimm sofort den blauen Kuchenteller und hole vom Konditor an der Ecke für dreißig Pfennig Kirschkuchen, aber recht frischen. Dann laß von Auguste schnell alles hübsch zurechtmachen und hereinbringen! Zeige mal, daß du meine gute Tochter bist!«

Dieser aufmunternde Appell rührte die gute Tochter aber gar nicht. Sie stellte denn auch sofort die Gegenforderung: »Kriege ich auch was ab, Mutta?«

»Wenn was übrigbleibt, natürlich!« antwortete die Rätin etwas ungeduldig.

»Na, dann kann ich man gleich verzichten, denn die beiden halten sich immer sehr 'ran nach ihrem weiten Wege,« maulte die Kleine vor sich hin. Nach einem Blick auf das mütterliche Gesicht drückte sie sich aber sofort.

Nach einer kurzen Unterhaltung mit Lina, Markers Hausmädchen, ihrer Busenfreundin, die sie schon um ihres »Konditorschatzes« willen aus Berechnung liebte, kam Lotte endlich auf den Hof.

Hier legte sie zwei Finger zwischen die Zähne und stieß drei gellende Pfiffe aus. Dieses Signal übte die erwartete Wirkung. Hinter der Gartenmauer tauchten mit einemmale Franz und Fritz auf. Als sie den ungewohnten Hut auf dem Kopfe der Kameradin entdeckten, fragten beide wie aus einem Munde: »Gehst du auch fort?«

»Ja.«

»Wohin denn?«

»Möchtet ihr wohl gern wissen?«

»Denn nich'!« rief Fritz empört und wandte sich nach dem Spielplatz zurück. Der Bengel ließ sich nicht uzen und imponierte damit Lotte ungemein, die ihre Tyrannengelüste dafür an dem um ein Jahr jüngeren Franz ausließ.

»Komm mit, Franz, ich muß zum Konditor!«

»Ich habe keine Mütze unten!«

»Schad' nix, wir sind ja gleich wieder da!«

Von alters her konnte Adam der Eva Bitten nur schwer widerstehen, und so sehen wir denn Franz und Lotte gemeinsam den Gang antreten. Schon die erste Laterne gab durch ihren massiven Eisenpfahl Anlaß zum Aufenthalt. Die beiden Gesinnungsgenossen kreisten nämlich so lange um den Stützpunkt, bis sie, schwindlig geworden, auf den Boden sanken. Dann wurde an der alten Pumpe auf der Straße gepumpt. Lotte schwang den Schwengel, Franz hielt das Ausflußrohr zu und bespritzte zwei unschuldige Portierskinder aus der Nachbarschaft, die auf der Bordschwelle saßen. Als die beiden Würmer von vier und fünf Jahren, total durchnäßt, heulend flohen, sahen sich die Sünder verdutzt an und suchten eilig das Weite. Der Schneider Hempel, der Vater dieser Geschöpflein, hatte erst neulich Max und Fritz verhauen, weil sie die Hausglocke gezogen hatten und davongelaufen waren. Die nächste Tücke aber wollte er den Eltern mitteilen, so hatte er hoch und teuer geschworen, da hieß es also vorsichtig sein.

Der freundliche Konditor hatte die Kuchenstücke auf dem Teller geordnet und jedem Kinde einen Bonbon in den Mund, gesteckt. Solange das Lutschen an diesem vorhielt, gingen sie manierlich. Da entdeckte Lotte auf der andern Seite der Straße Fritz Herrmann, ihren grimmigsten Feind. Er war Schlosser, uralt, schon zwanzig Jahre, und neckte sie, wo er konnte. Am wütendsten wurde sie, wenn er sie am Zopf ziepte und seine kleine Zukünftige nannte, der »olle rothaarige Ekel«! Auch jetzt wagte er es, ihr zuzunicken. Sofort setzten sich die beiden Aristokraten in Positur und johlten laut und nichts weniger als vornehm: »Fritze mit de Pudelmütze« und »Rotkopp, die Ecke brennt, die Feuerwehr kommt angerennt!«

Still vor sich hinlachend, ließ der Wackere die Schmähungen über sich ergehen. Als aber der Diskant von Kleinlottchen seine Höhe überschritten hatte und nicht weiter konnte, hörte sie plötzlich auf und steckte ihm einfach ihre rote, gesund aussehende Zunge zur Ansicht aus. Fritz Herrmann schüttelte nun ballend die rechte Faust und nahm einen Anlauf, als ob er die beiden Missethäter ergreifen wolle. Diese nahmen schleunigst Reißaus und erreichten keuchend das Vaterhaus, den Schutz und Schirm so vieler Bedrängten. Franz wandte sich um und machte die Entdeckung, daß sie gar nicht verfolgt wurden, worauf er krebsrot von der Jagd und der ihm innewohnenden heldenhaften Entrüstung, in die Worte ausbrach: »So'n Feigling! Da steht er und glotzt! Nich' mal hinter uns her wagt er!«

Lotte wollte dem zurückgebliebenen Feind gerade noch einen Verachtungsruf nachschleudern, wenigstens machte sie eine blitzschnelle Wendung. Pardauz! Da glitt sie aus und saß im Handumdrehen auf ihrem festen Hinterteilchen. O weh, und das Schlimmste kam hinterher! – Der Kuchenteller war ihr aus den Patschen gefallen und lag am Boden. Merkwürdigerweise war er ganz geblieben, aber – aber der schöne Kirschkuchen war auf die rechte Seite gerollt und sah arg verstaubt aus, während die roten saftigen Früchte in allen Himmelsgegenden kullerten und ebenfalls eine graue Umhüllung annahmen.

Die beiden Kinder sahen sich versteint vor Entsetzen an. Lottes Unterlippe senkte sich bedenklich nach unten. Eins, zwei, drei sprang sie auf ihre Füße und versetzte dem nichtsahnenden Freunde eine schallende Ohrfeige: »Du bist dran schuld, du Affe!« brüllte sie und wehrte seine Annäherung mit einem wuchtigen Schulternstoß. Er ergriff ihren Zopf und rüttelte daran, als wolle er ihn losreißen. Doch hielt er mitten in dieser Thätigkeit inne und starrte sie verwundert an. Ein wahres Sonnenleuchten ging über ihr Gesicht.

Vergessen war der Kampf, Fritze Herrmann und aller Schmerz. »Der Teller ist ja ganz, und den Kuchen machen mir auch in Ordnung,« jauchzte sie, ihre Gedanken sofort in die That umsetzend. Sie ergriff schleunigst den Teig und leckte einfach die graue Kruste ein paarmal energisch ab. Franz verstand die geniale Idee sofort. Er bückte sich nun mit ihr um die Wette und sammelte die herausgefallenen Kirschen. Sie leckten jede einzelne einigemal ab und betteten sie in die dazu bestimmten Höhlungen des Untersatzes. – Nach wenigen Minuten lag das Gebäck sauber und anscheinend ebenso saftglänzend als zuvor da und wurde von dem kleinen Mädchen der Köchin übergeben, die es hineintrug. Lotte wischte sich rasch den Mund ab und bedauerte insgeheim, daß sie so dumm gewesen und nicht die einfache Prozedur noch für sich auf der Treppe wiederholt hatte. – Mit der unheimlichen Artigkeit, die sich bei ihr nur zeigte, wenn sie in der Schule bestraft worden war oder wenn Kuchen auf dem Tische stand, betrat sie auch jetzo den Salon. Die Gäste waren schon bei der Arbeit und ließen sich die »unheimliche Aufwartung« vorzüglich schmecken, denn »gerade die Obstkuchen haben immer etwas so Erfrischendes«!

Frau Regierungsrat beendete augenscheinlich eben eine längere Rede, von der ihre Jüngste noch folgendes aufschnappte: »Ja, es sind drei prächtige, wohlerzogene Knaben, mit denen wir sie ruhig spielen lassen können. Der Garten ist einfach unbezahlbar für uns. Nach Tisch geht das Kind hinunter und bleibt ungestört bis zum Abendbrot auf dem Spielplatze. So wissen wir sie in vollster Sicherheit im Schutze von vier Wänden, und doch in guter freier Luft.«

Das Trio Haffner-Bach hatte den ganzen Nachmittag im Garten herumgetobt. Die so sichere Mama und ihre beiden erwachsenen Töchter hätten doch wohl einen guten Teil von ihrer Gemütsruhe verloren, wenn sie Lottes Streiche, ihre wilden Turnkunststücke, ihr wenig mädchenhaftes Wesen genauer beobachtet haben würden. Von der Vogelperspektive des weinumrankten Schlafzimmerfensters nahm es sich durchaus harmlos aus, wenn der »geliebte Wildfang« als Häuptlingsfrau, kühnlich Squaw bezeichnet, umhersprang oder schaukelnd durch die Luft flog.

Als ihr Seelenfreund Mäxchen Helm um halb Sechs noch einen Abstecher in den Garten unternahm, glühten seine Wangen, blitzten seine Augen. Wes das Herz voll ist, des läuft der Mund über! Und sein Herz war so übervoll von all den geschauten Wundern; er mußte sich freisprechen. Die drei Gefährten waren bereits so müde getollt, daß sie sich willig bereit erklärten, jetzt einmal schweigende Zuhörer abzugeben. – Eiligst suchten sie bequeme Sitze. Fritz kletterte auf das Reck, Lotte und Franz auf den Barren. Während sie mit heroischem Gleichmut auf den schmalen runden Stangen balancierten und mit den Beinen baumelten, »legte Max los.« Na, und der konnte erzählen! Seine lebhafte Phantasie ging mit ihm durch. Es war gut, daß seine Schilderungen nicht einem wissenschaftlichen Werk zu Grunde gelegt wurden, denn: »die Nubier aßen lebendige Kinder – und die Rhinocerosse waren so groß wie ein Haus – und drei Walfische schwammen in dem kleinen See, so lang wie der Turnsaal – die Affen aber! – Nein, so was Schönes gab's doch nicht mehr in der ganzen Welt!« Jegliches neue Wunder entlockte den Lauschenden einen tiefen Seufzer oder ein langgezogenes »Ah« des Staunens. Endlich ging Max der Atem aus; er wußte nichts mehr. Ehe er von neuem ausholte, sprachen die drei andern schon wild durcheinander. Sie überschrieen sich einfach gegenseitig. Die Nachbarn mußten denken, daß sich schon wieder eine Prügelei entspinne, und doch war der Kernpunkt der Unterhaltung nichts weiter als: »Wir müssen hin; aber wie?«

»Kinder, ich weiß wie!« rief Max hastig. »Tante hat entdeckt, daß das Drehkreuz am Ausgange kaput ist. Weißt du, hat sie gesagt, wenn hier einer schlau ist, kann er umsonst 'rein. Er braucht sich bloß umgekehrt 'reinzudrehen, hat sie gesagt. Wollen wir?«

Wie eine reife Pflaume vom Baume, so purzelte Lotte von ihrem ziemlich hohen Sitze herab platt auf die Erde und strampelte mit allen vieren vor Wonne. Auch die Jungen kamen herunter und führten einen Kriegstanz des Entzückens auf. Sie hatten den festen Entschluß gefaßt, den Zoologischen Garten zu besuchen; alles andre war »wurscht«. Franzens schüchterner Einwand, daß die Eltern ihnen vielleicht selber Erlaubnis und Geld zu dem Vergnügen geben würden, fand einstimmige höhnische Ablehnung.

»Das ist ja gerade das Feine, sich umsonst 'reinzuschwindeln!« bemerkte Max.

»Für Geld kann jeder 'rein!« meinte Lotte verächtlich, und Fritz gab seinen Senf in folgender Weise dazu: »Wir müßten ja einfach Wichse kriegen, wenn mir so was nicht benutzen. Glaubt ihr, Robinson hätte seinem Vater fünfzig Pfennig abgebettelt, wenn er bloß 'n entzweiiges dämliches Drehkreuz hätte benutzen brauchen?«

Die Erwähnung des Lieblingshelden entschied sogleich. Der Kriegsplan wurde sofort in einer »Sandkule« im leisesten Flüsterton ausgeheckt. Kühne spritzte den Garten wie allabendlich mit rührender Gewissenhaftigkeit, und die »Petze durfte nichts hören, sonst war's Tinte! ne, Essig!«

Lotte konnte nicht einschlafen, das Geheimnis, die Aufregung über das Bevorstehende lag wie ein Alp auf ihr. Ach, wenn sie es doch bloß einem einzigen Menschen hätte sagen dürfen; aber der in die Hände der Kameraden geleistete Eidschwur band ihr die Lippen. Endlich hielt sie es nicht länger aus. Sie kletterte aus ihrem Bette, eilte auf den Zehenspitzen durch das Zimmer und holte sich aus der Wiege im Puppenwinkel ihre Lieblingspuppe: Feodora. Die geliebte »Tochter« im Arme, schlich sie in ihr warmes Lager zurück. Und nun drückte sie den Zeugbalg fest gegen ihr pochendes Herzchen und beichtete mit halblautem Flüstern in das verschwiegene Porzellanöhrchen. Mit dem schon halb im Schlafe gesprochenen: »Was sagst du nur, Feo, du kommst vielleicht sogar –« hauchte sie einen schwachen Kuß in die Luft, neigte das traumumfangene Köpfchen und entschlief. Am Bettchen vorbei huschten, nur der Schlummernden sichtbar, wunderliche Tiergebilde und merkwürdige Nubiergestalten auf Elefanten und Kamelen. Morpheus trieb sie mit der Peitsche geheimnisvoll webend vorüber.

Am andern Tage um vier Uhr öffnete sich das Hausthor, und heraus traten mit roten Wangen und unruhig blickenden Augen unsre vier Helden, die sich heute größer erschienen und wichtiger vorkamen als jemals die größten Entdeckungsreisenden vor dem Einfall in ungekannte Länder. Sie hatten die verschiedenen Eltern nicht etwa in Unkenntnis über ihr Fortgehen gelassen. I bewahre! So und so viel Schulgefährten und sie wollten sich nur zu einem gemeinsamen Spiel im Tiergarten zusammenfinden. Selbst die hartgesottensten Vaterherzen konnten dem Gebettel nicht widerstehen, so setzte sich denn unsre kleine Karawane mit vierzig Pfennig »Zehrgeld« versehen in Bewegung.

»Schade, daß wir schwindeln mußten,« rief Lotte, »aber wißt ihr, ich bin überzeugt, mein Papa und meine Mama werden sich mächtig freuen, wenn ich ihnen heute abend die Ueberraschung erzähle!«

»Können sie auch!« sagte Max Helm und fügte als praktischer Kaufmann in spe hinzu: »Na, denkt mal, sie sparen an uns, wenn's gelingt, zwei Mark. Fünfzig Pfennig pro Person, das macht immer was aus!« »Ich rieche so was wie Wichse,« schnupperte Franz, knipste aber gleichgültig mit den Fingern, »mein Oller liebt nischt Extras, alles muß einen Tag wie den andern sein. Wenn wir aber drin waren, kann er uns doch das Gesehene nicht wieder wegnehmen.«

»August« (das war der Bursche) »meint auch, daß wir abends unsre Kloppe kriegen,« ergänzte Fritz. »Ich habe vorsichtshalber zwei Hosen übereinander gezogen und Zeitung zwischengelegt, dann spürt man's nicht so!«

»Famose Idee!«

»Unsinn!« entgegnete Lotte, »ich garantiere, unsre Eltern freuen sich nur über unsre Findigkeit!«

Die Erwartung machte die Kinder ziemlich schweigsam. Sie gingen, still vor sich hinträumend, bis ungefähr zur Landgrafenstraße. Dort schlug Fritz, um den Weg zu beschleunigen, einen Dauerlauf vor. Der Rat wurde angenommen. Sie stellten sich in Positur, drückten die Hände zu Fäusten geballt gegen die Seiten und rasten bei der Zahl »drei« wie abgeschossene Pfeile los. – Da alle vier mit vorzüglichen Organen begabt waren, gelangten sie heil und gesund bis zum Haupteingang. Hier blieben sie keuchend, schweißtriefend stehen; aber Mäxchen, der weise Mentor des heutigen Ausfluges, wies sie weiter. Hier war noch nicht der Eintritt ins Paradies. So wanderten sie noch eine anständige Strecke Weges am Zaune entlang. Beide Brüder Haffner verloren die Geduld.

»Ich denke, wir versuchen, hier 'rüber zu klettern. Es sind soviel Hocker und vorstehende Bretter, daß auch Lotte leicht 'raufkommt. Ist sie erst oben, springt sie einfach 'runter!« sagte Franz, ritterlich der Dame gedenkend, als deren Beschützer er sich fühlte.

Aber das undankbare Mädel versetzte ihm einen nicht gerade sanften Stoß: »Immer haste was mit mir; wenn du 'raufkommst, komme ich schon lange, und wenn's noch glatter wäre. Ich klettere besser wie du!«

»Du bist doch aber 'n Mädchen!«

»Brauchste mir gar nicht immer vorzuschmeißen, ich kann doch nicht dafür!« antwortete sie zornig und ballte die Faust. »Ihr ollen Männer denkt wunder, was ihr seid! Paß man auf, was ihr könnt, können wir erst recht!«

»Lotte, zank' nicht immer, sondern halt' den Schnabel. Wir wollen uns nicht das feine Vergnügen verderben!« rief Fritz so energisch, daß sie keine Entgegnung wagte.

Damals war die Umgebung des Zoologischen Gartens, wenigstens an jener Stelle des Kurfürstendammes, noch nicht die elegante Straße, der Mittelpunkt jeglichen Sports. Wo sich heute stolze Mietspaläste erheben, standen in jenen Tagen winzige Häuschen, von Gärtnereien oder Kohlenplätzen umgeben. Das Terrain lag teils brach für die kommenden Baugründe, teils wurde es von kleinen Ackerbauern für landwirtschaftliche Zwecke, Gemüse- und Kartoffelanlagen, ausgenutzt. Kein Zuschauer vom »hohen Balkone«, kein Reiter oder Radler störte die Kinder, die jetzt kurz entschlossen an dem alten, wackeligen Zaune in die Höhe krabbelten. Fast zu gleicher Zeit langten sie oben an, warfen ein Bein als Stütze hinüber und saßen nun rittlings da. Die Kletterei war leicht von statten gegangen und hatte bis auf einen dreieckigen Riß in Lottes Kleid keine Folgen gehabt. Begierig schauten sie in den Garten hinab. Fritz wollte gerade hinunterspringen, als Max ihn beim Arme packte. »Vorsichtig, sieh doch, wir können nicht weiter! Ringsherum sind ja die Gitter, wir sind in einem Tierkäfig!«

Richtig! Da sprangen auch schon von allen Seiten graziöse Antilopen herbei und blickten mit erschreckten Augen zu den merkwürdigen Gästen in der Höhe auf.

Enttäuscht mußten diese den Rückweg antreten. In bedeckter Stimmung eilten sie weiter und standen endlich vor dem hinteren Ausgang, an dem das Drehkreuz angebracht war. Ihnen allen schlug das Herz. Eilig spürten sie umher, keine Menschenseele war zu erblicken. Mäxchen schlich bis zum Gitter und lugte hinein. Zwei Damen kamen langsam heran, um sich herauszudrehen. Ein Beamter der Gartenverwaltung saß auf einem Stuhle und hielt ein Nickerchen ab, denn es war früh am Nachmittag und der Besuch momentan schwach. Mäxchen raste zu seinen Kumpanen zurück und erstattete Bericht. »Kinder wißt ihr, wir lassen die alten Tanten herausgehen und versuchen's dann einzeln. Dann läuft der, welcher drin ist, in die erste Allee links und wartet da auf die andern. Wenn wir auf 'nmal kommen, wacht womöglich der Kaffer auf und – aus ist's!«

»Wer soll anfangen?« flüsterte Fritz erregt.

»Abzählen!« erscholl es, – das probateste Mittel als Vorbeugung für etwaigen Streit. »Eene – mene – wing – mang – ose – pose – packe dich – eier – weier – weg!« zählte Franz in maßloser Aufregung gleichfalls leise. – Das »Weg« traf Lottchen.

Ohne ein Wort zu sagen, machte sie Kehrt und schritt mit energischem Hüftschwung auf die Pforte zu. Und doch klopfte ihr Herz so gewaltig, waren ihre roten Bäckchen ganz blaß vor Angst; aber um keinen Preis der Welt hätte sie all die tausend Befürchtungen kundgethan, die fieberhaft ihr Hirn kreuzten. Sie sah sich ergriffen – verhauen – mit dem grünen Wagen nach dem Wolkenmarkt gebracht – gefangen – hingerichtet wie die arme Königin....na, wie hieß sie doch man! Quatsch – denn nicht! So stand sie vor dem merkwürdigen Instrument. Die Fremden waren soeben heraus und gingen mit sorgfältig hochgenommenen Röcken watend durch den tiefen, staubigen Sand des Fahrwegs. – Mit heroischem Entschluß drückte sie ihr Körperchen gegen die Eisenstangen der Schraube. Ein ächzend, lauter, rostiger Ton erscholl. Erschreckt spähte sie nach dem Schlafenden, der ungerührt weiterschnarchte. Nun preßte sie mit aller Kraft, und – siehe, das schwere Ding setzte sich nach dieser falschen Richtung in Bewegung und drehte sie, ehe sie sich's versah, in den Garten hinein. Scheu nach dem Cerberus sehend, schlich sie auf Zehenspitzen über den knirschenden Kies, in den ersten bezeichneten Baumweg zur Linken. Die Freude wollte noch nicht recht aufkommen, sondern brach erst los, als auch die drei Freunde neben ihr standen. Es war die höchste Zeit, denn gerade blinzelte der sorgsame Wächter mit den Äugen und streckte die

Arme räkelnd von sich, dabei ein so tiefes »Aaooh – Ooaah« von sich gebend, daß man es auf hundert Schritt weit hören mußte.

Gleichviel, ob er aufstand und seinen Stuhl bis zur Schraube trug, der »Schöps« kam zu spät! Unser Quartett jubelte, tanzte und sang vor Wonne. Kolumbus' Entdeckung Amerikas erschien ihnen nicht zu vergleichen an Waghalsigkeit und Gefahr mit ihrer Expedition. – Nun lagen die Wunder des Gartens vor ihnen, und sie stürzten sich hinein. –

Zwei Stunden später finden wir unsre Freunde abgespannt und sehmüde in einem stilleren Teil der Anlagen bei drei Glas Milch sitzend. Sie hatten alles, alles gesehen: Die Nubier, ihre Lager, ihre wilden Ritte, die Tiere! – Vor den Affenzwingern hatten sie sich »gottvoll amüsiert«, vor den Raubtieren gegraut. Wo eine Tafel stand, auf der die Direktion das Publikum ersuchte, die ausgestellten Tiere nicht zu necken, da hatten sie Halt gemacht. Mit Stöcken und Steinen, Zischlauten und Pfiffen hatten sie die »Biester« möglichst kopfscheu gekränkt. Dieses wurde am Schwanz gezogen, der unglücklicherweise durch die Stäbe hing, jenes wurde mit einer Weidenrute gekitzelt, bis es fauchte. Das Nilpferd bekam eine Ladung Sand in den aufgesperrten Rachen, der Elefant ein halbverfaultes Stück Holz. Die merkwürdigsten Ansichten kamen zu Tage. Franz behauptete von mehreren bunten Vögeln steif und fest: »Sowas gibt's gar nicht, das ist Mumpitz, die sind angestrichen,« und Lotte konnte sich nicht von den Dickhäutern trennen. Sie stellte die sonderbare Bemerkung auf: »Die Tierchen sind einfach süß,« welches Wort gerade für diese Spezies am wenigsten geeignet scheint. Nebenbei fordert die Zoologie zu fortwährenden Vergleichen auf. Zuerst fanden sie zwischen den abschreckendsten Viechern und ihren Lehrern Aehnlichkeiten heraus, deren geistvolle Treffsicherheit die Hörer begeisterte. Zuletzt wurden sie anzüglicher und beschränkten sich auf ihren kleinen Kreis. »Mäxchen glich dem Rhinoceros, Franz dem Büffel, Fritz dem Gorilla und Lotte dem jungen Elefanten!« Die Witze erregten keinen Anstoß und wurden freundschaftlichst belacht. Zweimal hatten herumstreifende Beamte die Kinder angehalten und nach ihren Eintrittskarten gefragt, worauf Fritz geistesgegenwärtig erwiderte: »Die hat mein Papa, der Major Haffner! Er sitzt am See!« Der Titel des Offiziervaters hatte nie seine Wirkung verfehlt. – Jetzt ruhten sie von den Strapazen aus. Dann unternahmen sie einen neuen Streifzug. Plötzlich hielt Lotte an und wies mit der Hand auf einen erhöht angebrachten, versteckten Sitz. Mitten im Grün verborgen, genoß man von da oben eine reizende Rundsicht auf See und Garten. Ihre scharfen Augen hatten da ein augenscheinlich ganz in sich versenktes Liebespärchen entdeckt. »Donnerwetter! Ist das nicht...? – natürlich, das Kleid kenn' ich doch!« Sie rannte noch mehr in die Nähe und kam zurück, strahlend vor Triumph und Empörung: »Gewiß, das ist sie!«

»Wer denn?«

»Meine Cousine Frida! So'n Balg, hat sich da einen angeschafft und poussiert.« (Dies Wort hatte sie von Markers Lina angenommen.) »Kinder, die müssen wir 'reinlegen!«

»Au feste!«

Neuer Kriegsrat. »So geht's!« Die Kolonne teilte sich. Max und Lotte schwenkten eiligst ab. Fritz und Franz kletterten über das niedrige Eisengitterchen, huschten über das Gras, durchs Gebüsch, zwischen den Bäumen hindurch und hockten hinter den Liebenden.

»O du mein süßes Lieb,« klang es zu ihnen. Dann neigte sich der Jüngling und streifte hastig mit seinen Lippen ihre Stirn. – In diesem Augenblicke erhoben sich die Jungen aus ihrer kauernden Stellung, schnalzten, als ob sie küßten, riefen: »Na warte man, Frida, das sagen wir deinen Eltern!« – und verschwanden wie der Blitz. Das junge Paar blieb entsetzt zurück, den Zweifelsqualen und der Angst vor der Entdeckung überlassen.

Unsre vier aber trollten sich und verließen vollbefriedigt den »Zoologischen«, als die Abonnenten stromweise hineindrangen, um den Abend in freier, guter Luft zu verleben. Stolz benutzten sie den Hauptausgang und wanderten heim. Unterwegs wurden die Erlebnisse besprochen und jeder Junge, der harmlos des Weges kam, gerempelt, so daß sie, nach verschiedensten kleinen Intermezzi, vergnügt zu Hause anlangten.

Bei Regierungsrats wurde das Nassauern der Jüngsten nicht gerade mit Begeisterung aufgenommen. Sie bekam eine donnernde Strafpredigt, hörte aber als sie beschämt abzog, wie der Vater lachend sagte: »Eigentlich ein famoser Streich, den die Range wieder ausgeheckt, den erzähle ich morgen im Bureau, da sind sie alle wild nach Lottes Tollheiten.« So war der Eindruck der mütterlich-schwesterlichen Sermone sofort verwischt.

Bei Helms mußte Max eine Seite Schönschrift schreiben wegen seiner »betrügerischen Gemeinheiten«, Und bei Haffners erfolgte das Strafgericht sehr abgeschwächt am nächsten Tage, denn die Eltern waren ausgebeten, als die Söhne heimkamen. – So triumphierte diesmal das Laster. Die Einzige, für die das zerbrochene Drehkreuz eine sehr üble Folge hatte, war Lottes Cousine Frida Rittler. Ihre erste junge Liebe wurde schnöde zerstört und sie kam unter strengste Obhut einer pädagogischen Gesellschafterin.

Drittes Kapitel.

Harmlose Kleinigkeiten.

Bei Herrn Regierungsrat Bach ist Gesellschaft. In namenloser Erregung fegt Lotte durch die Zimmer. In ihrem Eifer, auch bei den Vorbereitungen mitzuhelfen, taucht sie bald in der Küche auf, wo sie selbst die alte, nervengehärtete Kochfrau aus der Fassung bringt. Bald wirtschaftet sie neben den Schwestern im Speisezimmer und den Salons. Nachdem sie unter Aechzen und Stöhnen die silbernen Messer mit einem weichen Leder abgerieben hat, vertraut ihr die Mama einen Stoß Teller an. Sie soll mit einem reinen Tuch die blanken Ränder nachwischen, damit man keine Fingerspuren darauf wahrnehmen kann. Das erste Dutzend ist ohne Schaden auf dem Büffett untergebracht, da frohlocken die Teufel des Uebereifers bei dem zweiten. Ein Teller liegt zertrümmert am Boden, ein andrer zeigt zwei abgestoßene Kanten. – Mit einer schallenden Ohrfeige wird das bestürzte Kind seiner Thätigkeit enthoben und in die hinteren Gemächer verbannt. Tiefbeleidigt zieht Lotte sich zurück, nimmt die Lieblingspuppe auf den Arm und kauert in ihrem Schmollwinkel – der Puppenecke – nieder.

Schwarze, düstere Gedanken bewegen sie und nehmen rachelustige Formen an, Sie brütet still vor sich hin, bis sie plötzlich das Köpfchen hebt und die kleine Nase schnüffelnd in die Luft streckt. Merkwürdig süße, künftige Delikatessen verratende Düfte schmeicheln zu ihr herüber. Sie atmet sie wohlgefällig ein, schnellt dann aus ihrer hockenden Lage empor und begibt sich auf die Suche. Richtig! Im Nebenraum, auf einem langen Tisch hat Frau Schütz die Herrlichkeiten des kalten Büffetts, Kompotts und Speisen aufgestellt. Ein gierig sehnsüchtiges »Donnerwetter« entfährt ihr. – Langsam umkreist sie zu verschiedenen Malen die Tafel. In ihren Fingerspitzen zucken unerlaubte Wünsche, zieht es geheimnisvoll. In der Angst, nicht mehr widerstehen zu können, verfällt sie auf ein Gebet und sagt es stoßweise halblaut vor sich hin, trotzdem es in keinem Zusammenhang mit den gewollten Sünden steht: »Befiehl dem Herrn deine Wege und warte – auf ihn – er – und warte – – ach, mein lieber Gott, ich möchte doch aber so gern – bitte, laß doch eine Schüssel 'runterfallen und kaputtgehen, damit ich sie auflecken kann.«

Jedoch nichts dergleichen geschieht. Dazu ist Madame Schütz viel zu vorsichtig. Das Kind beherrscht sich mit verzweiflungsvoller Vorsicht. Seine Blicke wandern über die mit eingemachten Kirschen, Quittenscheiben und Eiern verzierten Salate, auf denen malerisch prächtig wirkende Muster prangen. Gott sei Dank! Auf dem Hummersalat liegen die Preißelbeerhäufchen und die Früchte ganz schief in der gelben Mayonnaise. Da muß sie ja nachhelfen. So geht es doch wirklich nicht! Flink wird das Zeigefingerchen benetzt und langsam rückend gleitet es auf der verzierten Oberfläche hin und her. »So,« meint Lotte befriedigt, »nun geht es. So sieht's viel besser aus!« Dabei saugt sie hier und da an der Fingerspitze, an der doch immer ein wenig von all dem Guten sitzengeblieben ist. Nur schade, daß an den andern Gerichten so gar nichts zu verbessern ist! – Langsam schleicht sie zu ihren Puppen zurück und beginnt zu spielen; aber ein unsichtbares Tau scheint sie gewaltsam wieder an den Vorratstisch zu ziehen. – Sie ergreift daher ihre drei Lieblinge und sagt nach ihrer Gewohnheit halblaut: »Wartet, ihr armen Kleinen, ihr müßt doch auch etwas von der Gesellschaft sehen, kommt man mit Mama!«

Und den »armen Kleinen« wird nun die Herrlichkeit erklärt und gezeigt. Dann setzte Lotte die Puppen auf einen Stuhl, und um die Zeit zu vertreiben und die Wünsche zu übertäuben, spielt sie Schule mit ihnen. »Dreimal sechs, Feodora?« – »Achtzehn!« – »Gut, mein Kind! – Achtmal zwölf, Iwan?« – »Sechsundneunzig!« – »Bravo!– Nun noch siebenmal fünfzehn, Rosalinde?« – »Hundertfünf!« – »Sehr nett, das habt ihr gut gemacht!«

Dreimal wird die Prüfung wiederholt und fällt jedesmal zur Zufriedenheit der Lehrerin aus. »Dafür sollt ihr belohnt werden!« ruft Lotte befriedigt. »Aber womit?« Sie schaut umher: da liegt ein kleiner Löffel. Ihr Herz pocht vor plötzlichem Jubel. Nun weiß sie, womit sie den musterhaften Fleiß ihrer Schülerinnen belohnen kann; dagegen würde Mama nichts haben. Sie hat ihr selbst etwas Wundervolles versprochen, wenn sie einmal eine Prämie nach Haus brächte! Na, und die drei haben sich doch wirklich eine Prämie verdient. Was aber? Nun, ein Löffelchen Kompott, das ist doch eine große Belohnung und wird nicht gemerkt.

Also schnell eingetaucht! So! Nun bekommt jede Puppe ihren Löffel Stachelbeeren. Ei, das schmeckt, nicht wahr? An der Schüssel ist noch keine Abnahme zu sehen. – So nimmt die gewissenhafte Prüfung ihren Fortgang, und nach einigen Rundfragen muß immer der Löffel zur Prämienausteilung herhalten. Lottes Gewissen ist aber erwacht, denn schon zeigt ein Rand an der Schüssel an, wie weit die süße Masse einst reichte und wie viel tiefer das Niveau von Fach zu Fach des Examens sinkt. Schelte gibt's doch, sogar »dolle«; also weiter! Ihr Herz pochte unruhig, und in der Aufregung jagt sie jetzt mit den Fragen und Antworten. – Wohl selten hatte ein noch so gewissenhafter Lehrer mit seiner Klasse solches Glück vor dem Schulinspektor, wie diese kleine Lehrerin mit den glühenden Wangen, denn ihre Zöglinge versäumen keine Frage! – So müssen denn die geduldigen Stachelbeeren auch immer von neuem herhalten. Mit der letzten Frage: »Rosalinde, welches ist der höchste Berg in Asien?« – – »Der Gaurifankar!« – – »Brav!« ist auch die Schüssel geleert. –

Nun steht das kleine Mädchen doch entsetzt davor. »Ach, lieber Gott, schon!« Die Thränen dringen ihr in die Augen, und wie versteinert bleibt sie an dem Ort der That stehen, trotzdem sich Schritte nähern. – Schwester Ella erscheint mit einer eben fertig gewordenen Schüssel: »Gut, daß du hier bist, Lotte! Ich muß dich gleich in Ordnung bringen. Papa will, daß du beim Abendbrot dabei bist. – Was hast du denn?« Ella betrachtet den Verzug, der ihr sehr merkwürdig vorkommt, und überschaut dann die Tafel. Sofort riecht sie »Lunte« und spürt die Ursache bald heraus. »Nanu, Lotte, wo sind denn die Stachelbeeren? In der leeren Schüssel hier waren doch zwei Liter davon! Hast du etwa genascht?« – Drohend blickt sie auf die Sünderin, die sich ihr plötzlich mit lautem Gebrüll an den Hals wirft: »Ach, meine liebe, gute Ella,« schluchzt sie, »ich habe ja gar nicht genascht, wahrhaftig nicht; – aber ich habe mit den Puppen Schule gespielt, und – da – haben – sie immer so gut gekonnt, und da mußte ich ihnen doch Prämien geben – so –«

Ella beißt sich krampfhaft auf die Lippen. »Was,« sagt sie, scheinbar sehr zornig, »zwei Liter Stachelbeeren zur Prämienverteilung, das ist doch unerhört.«

– Nun folgte eine lange Strafpredigt, welche die Sünderin völlig zerknirscht anhörte. Der Schluß war ein Versöhnungskuß und das Versprechen, der Mama erst morgen von der »Verfressenheit« Kunde zu geben. Zuletzt bekam Lotte erst einen tüchtigen Schluck Natronwasser als vorbeugendes Mittel und wurde dann niedlich gemacht. – Nach ihrer Art hatte sie das verübte Verbrechen längst vergessen, als die ersten Gäste eintrafen.

Von allen Anwesenden reizte Lotte eine liebenswürdige Greisin am meisten. Sie wich nicht aus der Nähe der würdigen Frau Oberbürgermeisterin und zeigte sich so aufmerksam und musterhaft, daß die alte Dame ganz entzückt war von »dem süßen Herzchen«. Was lockte nun aber das jugendfrische Ding zu ihr?

– Die arme alte Dame war fast taub und trug ein großes Hörrohr, das sie jedem hinreichte, der mit ihr zu sprechen wünschte. Den ganzen Abend zerbrach sich Lotte den Kopf, was sie nur fragen könne, um endlich einmal den riesigen schwarzen Schlauch des nützlichen Instrumentes in die Hand zu bekommen. Daß die Oberbürgermeisterin nebenbei noch mit einem Riesenkropfe begabt war, erhöhte ihren Zauber des Ungewohnlichen noch bei ihrer kleinen Verehrerin. – Im Speisezimmer herrschte lebhaftes Stimmgewirr. Die Vorzüglichen Speisen, witzige Toaste belebten die Stimmung merklich. Lotte verhielt sich nachdenklich, sie grübelte nach und biß auf keine der Redereien an, die necklustige Freunde ihr zuschleuderten. Ihr Vater, der mit ihr Staat machen wollte, ärgerte sich über ihre Schweigsamkeit und sagte zu seinem Schwager: »Wahrscheinlich haben meine Frau und die Mädel mir das Kind so eingeschüchtert, daß sie nicht den Mund aufzumachen wagt. Schade, daß du sie nicht in ihrem vollen Glänze genießen kannst. Du machst dir keinen Begriff von ihren Tollheiten. Der wildeste Bengel kann nicht mehr leisten.« Bei diesen Worten strahlte sein Gesicht in väterlichem Stolze.

Das Eis wurde herumgereicht, und eine kleine Ermattungspause trat in der Unterhaltung ein, als sich Lotte plötzlich erhob und mit verklärtem Ausdruck auf die Oberbürgermeisterin zutrat. Mit flehender Gebärde ergriff sie stolz das Hörrohr. Diese Bewegung lenkte alle Blicke auf sie. Alles schwieg, begierig des Kommenden harrend. Die Kleine hob sich auf die Zehen, wurde glühend rot vor

Anstrengung und brüllte mit ihrer hellen Kinderstimme vernehmlich: »Frau Oberbürgermeister!«

»Ja; mein Herzchen?« entgegnete diese milde, dabei lieb lächelnd. »Frau Oberbürgermeister, ist der Kropf und die Taubheit in Ihrer Familie erblich?«

»Nein, Herzchen!«

Ein panischer Schreck legte sich über die bisher so muntere Gesellschaft, Die Wirte wurden kreideweiß, denn sie sahen die verstörten Mienen der beiden Töchter der alten Dame, die wutentbrannte Blicke wechselten. »Allmächtiger!« stöhnte die Rätin fassungslos, »das Mädel bringt mich unter die Erde!«

Inzwischen hatte die älteste Schwester schon Lotte gepackt und aus dem Zimmer gebracht.

»Du gehst sofort ins Bett!« sagte sie, bebend vor Entrüstung. Die Kleine war ganz erstaunt, sie fühlte sich unschuldig, und noch klang in ihrem Herzen die stolze Wonne nach, den »Hörrüssel«, wie sie das Ding nicht ganz unpassend bezeichnete, benutzt zu haben.

Drinnen hielt die Verstörung an, bis die liebe alte Dame laut sagte: »Aber, meine verehrten Herrschaften, bitte machen Sie doch nicht solche entsetzten Gesichter! Glauben Sie ja nicht, daß das kleine Engelchen mir weh gethan hat, die Frage ist doch recht logisch gewesen!« Sie lachte herzlich und brach damit den Bann.

Das »Engelchen« hatte sich schnell getröstet und Mäxchen Helm über die Hintertreppe zu sich geholt. Beide saßen einträchtig in der Küche und leckten mit hingebendem Fleiße die verschiedenen Schüsseln aus. Ein paar recht heiße Tage brüteten über der Reichshauptstadt. Alle Menschen ächzten und stöhnten über die Hitze. So oft es ging, nahm Frau Regierungsrat Bach ihren Strickstrumpf und flüchtete auf den Balkon, um aus den schwülen Zimmern in die freie Luft hinauszukommen. Sie las dann während ihrer Thätigkeit ein gutes Buch oder blickte auf das Leben und Treiben der Straße herab. Eines Nachmittags stellte sich Besuch von außerhalb ein. Es war Frau Geheimrat Buchhardt mit ihrer Tochter aus Hannover. Beide Damen waren außerordentlich steif und als echte Welfinnen erbitterte Gegnerinnen von Berlin. So gaben sich denn die drei Bachschen Damen außerordentliche Mühe, die Gäste, die mit solchen Vorurteilen kamen, liebenswürdig aufzunehmen und von der Vortrefflichkeit ihres Wohnortes zu überzeugen.

Lotte wurde einen Augenblick in den Salon gebracht und vorgestellt. Sie machte in ihrem weißen Kleidchen mit dem aufgelösten Haar einen sehr vorteilhaften Eindruck. Ihr Knicks und der ehrfurchtsvolle Handkuß, den sie der älteren Dame auf die knochige Rechte drückte, zeugten von guter Erziehung. Frau Buchhardt verfehlte denn auch nicht, der bescheiden lächelnden Mutter ein paar Höflichkeiten über Aussehen und Betragen ihrer Jüngsten zu sagen. Damit hatte sie der stolzen Besitzerin des »Kleinodes« die Zunge gelöst und mußte eine ausführliche Rede über ihre Erziehungsart und deren Erfolge über sich ergehen lassen. Im Laufe der Unterhaltung wandte sich das Gespräch auf die Reinlichkeit des Berliner Magistrates. Die beiden Provinzler setzten ein so ironisches Lächeln auf, daß ihre Wirtin innerlich zu kochen begann. Sie warf einen Blick auf die Straße.

»Bitte sehr, gnädige Frau, ich kann den Beweis der Wahrheit antreten. Sehen Sie selbst.« – Die Gäste erhoben sich und blickten ebenfalls über die Brüstung hinab. »Jetzt, wo es so glühend heiß und infolgedessen auch sehr staubig ist, werden unsre Straßendämme zweimal täglich gesprengt und gefegt. Diese roten Wagen mit ihren Brausen sind eine wahrhafte Erlösung. Sie bringen ordentlich frische Luft und nehmen den ungesunden Staub!«

Die Rätin triumphierte und blickte neugierig auf die geschlagenen Hannoveranerinnen. Zu ihrer Verwunderung nestelte die Tochter gerade ihre Lorgnette hervor und schaute durch das Instrument so scharf und spitz lächelnd hinab, daß ein unbestimmter Argwohn in ihr aufstieg. Sie sollte nicht lange im unklaren bleiben. Fräulein Buchhardt sagte mit ihrer hohen Stimme so leise und milde sie nur konnte: »Wie unvorsichtig sind diese Kinderchen – sie können sich doch recht erkälten! Verzeihung; verehrteste Frau, ist das kleine Mädchen da, inmitten der Knaben, nicht Ihr Töchterchen?«

Die Rätin riß ihr Pincenez hervor und sah nach einem kurzen Blick stumm verzweifelt ihre Aelteste an. Von unten tönte Jauchzen und Freudengeschrei herauf, hinter dem Sprengwagen marschierten mit jubelndem Gelächter eine Reihe Kinder. Sie hatten Strümpfe und Schuhe ausgezogen und sorglich am Rande des Vorgartens niedergelegt. Allen voran tanzte Lotte, die selig bald das rechte, bald das linke Beinchen von dem kalten Wasser übersprudeln ließ. Zufällig sah sie in die Höhe und rief den Zuschauenden, unbefangen mit dem Kopfe nickend, zu: »Nicht wahr, Mutta, fein? – Wir schinden ein umsonstiges Fußbad!«

»Schicke augenblicklich das Mädchen hinunter und laß Lotte heraufholen!« meinte die Rätin, heiser vor Empörung. Eine Tochter verschwand, und nur mit Mühe lenkte sie das Gespräch in andre Bahnen. Nach einer Weile kehrte Fräulein Bach zurück, der Jubel unten war verstummt.

»Ich habe Lottchen in den Garten gebracht, Mütterchen. Fritz hat sie zu dem Unsinn verführt. Sie hat ihr Unrecht eingesehen und reuig versprochen, nun artig zu sein. Nicht wahr, es ist dir doch recht so?«

»Gewiß, mein Kind!«

Die beiden Besucherinnen wollten Abschied nehmen und äußerten nur noch den Wunsch, den Garten zu besichtigen. So machte sich denn die Rätin bereit und geleitete sie die Treppe hinunter. Eine fast unheimliche Stille empfing sie, die beängstigend gegen den sonstigen Radau abstach. – Wenn sie bloß nichts Unartiges vorhaben, dachte die geplagte Wirtin, atmete aber auf, als sie die hellen Anzüge durch die Büsche schimmern sah, welche die Abteilung des Kinderspielplatzes vom Blumengarten trennten. Sie blieben an einer niedrigen beschnittenen Hecke stehen und spähten hinüber. Die drei Jungen standen in einer Reihe, links von Lottchen aufgepflanzt. Vor ihnen, in einer Entfernung von zehn Schritt, war eine Stange in die Erde gesteckt, nach der sie alle vier anscheinend scharf zielten. Ein leiser Ruf: »Los!« erscholl. Plötzlich ein schnalzend unangenehmes Geräusch und vier Pflaumenkerne wurden mit mächtigem Kraftaufwand nach dem Ziele gespieen. Alle hatten es aber verfehlt, und so befahl Lotte laut: »Jungens, ihr seid olle Waschlappen, ihr müßt feste spucken, sonst trefft ihr nie!«

»Um Gottes willen, Lotte, was treibt ihr nun wieder? Ich kenne euch ja gar nicht mehr! Ihr seid doch sonst nicht so unartig!« rief die Mutter entsetzt.

»Aber, Mutta, wir sind ja artig. Wir spielen doch nur Zielspucken, – das thun wir immer! Im Mai und Juni benutzen wir Kirschkerne dazu. Wenn's die nicht gibt, Kieselsteine. – Versuch' bloß einmal, ob du ebenso weit kommst wie ich – fast sechs Schritt kann ich schon. Alles Uebungssache!«

»Schweig!« donnerte ihr die Mutter entrüstet zu, die heute alles viel gereizter aufnahm, weil sie sich vor diesen »unleidigen Frauenzimmern« ihrer Tochter schämte. Sehr ungnädig ließ sie sich von den Jungen begrüßen und die Hand küssen und sandte das Kind sofort hinauf. Dann begann sie vor den Damen eine Entschuldigungsrede, die diese mit stillem Hohnlächeln abwehrten.

»Aber, verehrte gnädigste Frau, alterieren Sie sich bloß nicht so! Es gibt ja nichts Reizenderes als solch ein Kind, das man in Freiheit dressiert,« entgegnete die Geheimrätin sauersüß. Aber Frau Bach sah sie mißtrauisch an, sie traute der sanften Rede bei diesem Gesichtsausdruck nicht. Endlich waren die Gäste fort. Verärgert stieg sie treppauf und war nahe daran, vor Wut zu bersten, als sie Lotte auf des Vaters Schoß fand, den Kopf an dessen Schulter geschmiegt und vergnügt mit den Beinen baumelnd.

»Du unartiges, abscheuliches Kind!« rief sie zornschnaubend. »Nichts als Aerger und Verlegenheit hat man von dir! Keins der Mädel hat mir so viel Schande gemacht wie du! Na warte, wir werden jetzt andre Saiten aufziehen! Jetzt marsch in dein Zimmer, ich will dich bis zum Abendbrot nicht mehr sehen!«

Der Rat trennte sich nur ungern von seiner Lotte, ließ sie aber ohne ein Wort ziehen. Geduldig hörte er nun die Klagen seiner Gattin an und verbiß das Lachen, weil er sah, wie die Kränkung noch in ihr wühlte. Endlich sagte er ruhig: »Ich bitte dich, Mutterchen, gräm dich doch über diese Kinderstreiche nicht. Einmal warst du mit den beiden Scheusälern im Bade zusammen und wirst sie selten genug wiedersehen. Es ist ja ganz schnuppe, ob sie nun unsre Kleine für wohlerzogen halten oder nicht!«

Der Besuch der Buchhardtschen Damen hatte dennoch auch in Lottes Herz einen Stachel hinterlassen. Sie fühlte nach einer langen Unterhaltung beim Nachtgebet, daß ein Teil der Familienehre auch durch sie vertreten werden mußte. Der Flecken auf dem so reingehaltenen Wappenschilde der Bachschen Ehre war unstreitbar durch sie verursacht. Anstatt nun in sich zu gehen und sich Besserung zu geloben, warf sie einen grimmigen Haß auf die beiden »Knochengerüste«, wie das Dienstmädchen Auguste die Damen bezeichnete. Da die Gäste aus Hannover einige Wochen in Berlin verweilten, hatte Lotte es schweigend hinzunehmen, daß sie sich noch einigemal bei Bachs einfanden.

Seelenvergnügt rannte sie eines Morgens dem Eiswagen der Norddeutschen Eiswerke nach. Mit der rechten Hand ließ sie die Schulmappe an einem Lederriemen Kreise durch die Luft schwingen, mit der linken sammelte sie zwei auf den Damm gefallene Eisstücke auf und steckte sie ohne Weiterungen in den Mund. Da rief sie eine bekannte milde und doch unausstehliche Stimme an: »Ei, ei, Lottchen, wenn das die Mama sähe!« Sie drehte sich um und erkannte ärgerlich »die Buchhardt«, die vorbeiging, um Ella und Kläre zum Museum abzuholen.

Nun war ihr Maß gerüttelt und geschüttelt voll. Lotte ratschlagte mit den Spielgefährten wohl mehr als eine Stunde, wie sie Rache nehmen könnte. Die abenteuerlichsten Sachen kamen zu Tage, ehe ein Vorschlag angenommen wurde. Fräulein Buchhardt trug einen mächtigen Florentiner Hut. Dieser wurde zuerst aufs Korn genommen. Vom Haffnerschen Balkon aus ergoß sich eine Ladung »Spucke« auf dies unschuldige Objekt, als die Inhaberin vor dem Hause wartend auf und ab spazierte. Dann kam die »Olle« an die Reihe. Die Geheimrätin brachte stets einen seidenen Pompadour mit, den sie meist über den Arm gehängt hatte. Auf diesen fahndeten Lotte und Genossen. Eines Tages nach dem Kaffee wollte die Ratin Bach der Badefreundin eine schöne Stelle im Tiergarten zeigen. Da beide Damen zum Abendbrot wieder daheim sein wollten, hängte die Geheimrätin ihren sonst unentbehrlichen Pompadour unter ihrem Regenmantel im halbdunkeln Korridor auf. Sie hatte jedoch nicht mit Lottes Spürnase gerechnet. Diese entdeckte den riesigen Seidenbeutel und schleppte ihn zur Ausführung ihrer Rachegelüste in den Garten. Dort hegten die Kinder, vielleicht in vorahnender Gewißheit, seit Wochen einen langen, dünnen Regenwurm in einer Zigarrenschachtel. Der sollte jetzt Verwendung finden! Fieberhaft wurde der Pompadour geöffnet, – aber wer beschreibt das unbeschreibliche Erstaunen der Kinder, als sie in ihm zwei Stücke Sträußelkuchen und eine Melone in Kuchenteig vom Kaffee her fanden.

Der Jubel und das Gelächter waren grenzenlos. Sofort war der Racheplan zu teuflischer Grausamkeit gediehen. Franz bohrte mit seinem kleinen Finger einen Gang in die Melone, und dort hinein praktizierte man den unglücklichen Regenwurm, der sich verzweifelt krümmte und wand. Dann wurde die Oeffnung mit Krümeln verschlossen. Inzwischen hatte Fritz einen Zettel geschrieben, auf dem stand nichts weiter als: »Pfui, Naschkatze!«

Am Abend, als sich die Geheimrätin verabschiedete, hing ihr Pompadour harmlos da. Sie versprach, bald wiederzukommen, ward aber nicht mehr gesehen. Sanglos und klanglos verschwand sie aus Berlin. Nach einigen Tagen erzählte Lotte ihren neusten Streich. Er trug ihr zwar eine Ohrfeige ein, jedoch »die Speisekammer im Buchhardtschen Pompadour, bestehend in gemopstem Kuchen und Regenwurm« kann noch heute alle bis zu Lachthränen rühren.

Auf die Hitzperiode folgten Regentage, die Lottchen zu ihrer geheim und laut geäußerten Wut nicht im Garten verbringen durfte. Das ganze Haus litt unter ihrer beständigen Anwesenheit, und Auguste in der Küche stöhnte häufig: »Wenn doch bloß erst wieder die Sonne schiene und die Jöhre 'runter müßte! Sie kehrt mir ja das Unterste zu oberst!« Aber der gute Petrus hatte diesmal kein Einsehen, es goß weiter, so einen richtigen märkischen Landregen. Der trübselige lange Sonntagvormittag nahte, an dem unsre Heldin nicht einmal zur Schule zu gehen brauchte. Also kamen zu den endlosen Freistunden noch die fünf Unterrichtsstunden hinzu.

Gerade heute erwachte Lotte um sechs Uhr und stand sofort auf. Zornig fuhr der Regierungsrat aus dem herrlichen Sonntagsmorgenschlummer auf, als feste Beinchen den Korridor auf und nieder stampften und eine helle Stimme laut das schöne Lied: »Die Sonn' erwacht in ihrer Pracht etc« brüllte. Die sorgsame Gattin verließ sofort ihr Lager und rief durch den Spalt der Schlafzimmerthür energisch: »Lotte!«

»Ja, Muttachen?!«

»Sei mein gutes Kind und gehe sofort in die Vorderzimmer, Papa und die Mädel möchten so gern noch ein Weilchen schlafen!«

Sie verließ sich auf das brave Herzchen ihrer Jüngsten, die denn auch sogleich abtrollte. Im Salon blieb sie stehen und sah sich nach irgend einem Gegenstand der Zerstreuung um. Nichts schien ihr so geeignet als das Klavier. Eins, zwei, drei saß sie auf dem Sessel und klappte den Deckel auf. So wenig musikalisch Lottchen auch war, liebte sie es doch, sich in freien Ergüssen auf den Tasten zu ergehen. Mit aller Kraft paukten ihre Fingerchen drauf los, um den selbst komponierten »Zigeunermarsch« vom Stapel zu lassen. Auf diesen folgte ein sich in drei Tönen bewegendes »Lenzeswehen«, das dann wieder von einem »Dragonermarsch« abgelöst wurde. Zu all dem fürchterlichen Durcheinandergerase auf dem unseligen Instrumente sang sie selbstgedichtete, konfuse Phrasen, wie: »Da ergriff der Zigeuner wild die schöne Carmen und hussa, hassa, heißa schwang er sich auf sein wildbäumendes Roß Mazeppa und raste mit ihr in die Steppe hinaus.«

Träumerisch blickten die Augen des mit großer Phantasie begabten Kindes in die Ferne. Sie sah die eigene Erfindung wie wirklich vor sich und lauschte mit glühenden Wangen auf die wüsten Töne, die den Sturm in der Steppe darstellen sollten. Plötzlich vernahm sie deutlich ein lautes, hartnäckiges Klopfen an der äußeren Korridorthür. Erschreckt sprang sie auf und eilte hinaus. Nach einem Blick durchs Guckloch öffnete sie Kette und Riegel und zuletzt mit Heidenlärm die Thür selbst. In äußerst merkwürdigem Aufzuge stand Major Haffner vor Lotte. Er trug Schlafschuhe, eine Mütze und einen langen Offiziersmantel, unter dem weiße Unterbeinkleider hervorlugten. Sein strenges Gesicht schaute noch bärbeißiger drein als sonst; ja, sein Bart bibberte ordentlich vor Entrüstung.

»Höre mal, liebe Lotte,« – donnerte er sie an – »du scheinst allein in der Vorderwohnung zu sein, sonst hätte dein Herr Vater längst diesen verrückten Radau verboten. Ich bitte dich aber energisch, ›diese‹ Tonübungen auf später zu verlegen. Es ist jetzt noch nicht sieben Uhr, man kann ja kein Auge zuthun bei diesem Lärm, verstanden!« Damit stieg er wieder treppab und ließ sie wie einen begossenen Pudel stehen. Sie fühlte sich in ihrer Künstlerehre gekränkt und hatte einen ungemessenen Respekt vor dem Vater ihrer Freunde.

Leise schlich sie ins Zimmer zurück und begann zu lesen, nachdem sie sich vorher ihre Puppe Feodora als Trösterin herbeigeholt hatte. Nach und nach kamen endlich die Schwestern zum Vorschein, denen die Eltern bald folgten. Die Familie pflegte am Sonntag das Frühstück gemeinsam einzunehmen, und dabei gleich die Tagesordnung aufzustellen. Der furchtbare Regen machte einen Ausflug in die Umgegend unmöglich, daher beschloß der Regierungsrat, heute mit den Seinen einige längst verabsäumte Besuche nachzuholen. Lotte wurde, laut Kronrat, daheimgelassen und fürstlich entschädigt. Mäxchen Helm sollte heruntergeholt werden, um mit ihr zu spielen. Beide Kinder sollten von Auguste mit einer Tasse »recht« süßen Kakaos und geschmierten Semmeln, wofür Lotte entschieden ihr Seelenheil verkauft hätte, bewirtet werden. Diese Aussicht besänftigte augenblicklich die aufsteigenden Thränen. – Wenige Minuten später sprang das Kind zu Helms und schleppte mit ihrem Gefährten Soldaten und Festung ins Wohnzimmer, wo sich alsbald erbitterte Kämpfe mit Erbsengeschossen entspannen.

Einige Stunden wurden mit glühenden Bäckchen und blitzenden Augen durchkämpft. Selbstverständlich mußte Max als Gast anstandshalber die französische Partei übernehmen und mit dieser nach tapferer Gegenwehr unterliegen. Deutschland hatte gesiegt! Darum konnte das aufgetragene »wunderbare« Frühstück mit freudiger Genugthuung verspeist werden. Während des Essens und Trinkens versanken die beiden Kinder in behaglich genießendes Stillschweigen, so daß wirklich sonntägliche Ruhe über der Bachschen Wohnung lag, da die andern längst ihre Besuchstour angetreten hatten.

»Was wollen wir jetzt machen?« unterbrach Lotte ihre Verdauung, »Immer Soldaten ist langweilig! Wollen wir Puppen spielen?«

»Dir piept es wohl im Kopp!« entgegnete Mäxchen empört. »Jungens und eure dämlichen Puppen!«

»Na, dann meinshalben Lesen!«

»Is nicht!« rief Max. »Ich hab' Vater schon 'ne halbe Stunde Zeitungen vorlesen müssen. Aber wir können doch 'n bißchen aus dem Fenster sehen!«

So begaben sich denn beide in die Vorderzimmer. Der junge Gast, dem die Bachschen Salons stets wie eine Wunderwelt erschienen, hatte das »Fenster« nur als schnöden Vorwand benutzt. Er kümmerte sich auch gar nicht weiter um die Straße, auf der, des Wetters wegen, kaum eine Katze zu sehen war, sondern ließ sich von der Wirtin die verschiedensten Nippessachen zeigen und erklären. Sein besonderes Entzücken war ein Photographiealbum mit Musikwerk. Nachdem dies unzähligemal seine Stücke heruntergeleiert hatte, wollten die Kinder sich mit der Konstruktion der feinen Walzen und Räder vertraut machen. Mäxchens prahlerisches: »Ich verstehe mich auf so 'was, denn Tante Laura hat neulich ihre Spieldose auseinandergenommen und gereinigt, dabei habe ich ihr geholfen und kenne jetzt den Rummel aus dem ff!« beruhigten Lottes doch etwas ängstlich pochendes Herz. Nachdem man den Glasschutz zurückgeklappt hatte und das geheimnisvolle Innere offen vor ihnen lag, überwog auch Lottes Forschungsdrang die Scheu vor dem stets verboten gewesenen Album. Sie war ebenso neugierig und eifrig als der Freund bei der Arbeit. Zuerst wurde der kleine Stahlkamm im Werk mit einem Taschenmesser zum Klingen gebracht, dann schraubten sie mit einem Falzbein die Schrauben der kleinen Walze los und kratzten deren haarfeine Stahlstacheln mit einer Schreibfeder, über die kaum hörbaren Töne in Verzückung geratend; und zu guter Letzt wurden zwei kleine Klammern ebenfalls ans Tageslicht befördert. Nachdem sie sich ein paar Minuten mit den Teilen vergnügt hatten, bat Lotte aber doch, er solle nun alles wieder »zusammenschustern «. Max versuchte sein Heil und vollzog die Wiederherstellung mit beeilter Geschicklichkeit.

Siehe da! Alle Teile waren wieder an Ort und Stelle festgeschraubt! Triumphierend wurde noch einmal der Schlüssel eingesteckt und das Uhrwerk aufgezogen. Jedoch kein Laut wurde hörbar! – Die beiden sahen sich ratlos an. Lotte versuchte selbst noch einmal ihr Heil. Sie drehte wohl zwanzigmal den Schlüssel um, was man sonst höchstens dreimal thun durfte, schüttelte, klopfte, rüttelte, doch alles blieb still. – Der junge Helm erbleichte, begann von neuem seine Schrauberei, versuchte wieder – wieder vergeblich! Das Spielwerk war entschieden zerbrochen!

Keins der Kinder sprach ein Wort über den Vorfall. Sie legten das Album schweigend an seinen Platz zurück und verließen gedrückt das Zimmer. Lotte geleitete den Spielkameraden, der noch ganz betäubt schien, über den Korridor ins Wohngemach ihrer Schwestern. Kläre war im Besitze eines sehr schönen Stereoskops, das mit den dazu gehörigen Photographieen auf ihrer Kommode lag. »Setz dich man hin, Mäxchen,« sagte unsre kleine Range mild und zartfühlend, »wenn es rauskommt, nehme ich's auf mich. Du kriegst nichts ab! Uebrigens sehen sie das Album selten an; wenn viel Zeit vergeht, ahnen sie nicht, daß wir es waren, und ich werde mich hüten, mich zu melden. Wir wollen nun diese Sachen besehen.« Der, wie Lotte sich insgeheim ausdrückte, »bedripste« Gast erhob keinen Widerspruch. Er ließ sie alles herbeischleppen und setzte sich dann neben sie auf das alte rote Ripssofa, das der Stolz der beiden älteren Bachschen Schwestern war. Der Rat hatte seiner Gattin zum Geburtstag ein neues »Persersofa« und dito Teppich geschenkt, und seine »herzliebe Olle« hatte ihren Töchtern das ausrangierte Salonmöbel mit verschiedensten Gebrauchsanweisungen überlassen. Es war eine ihrer Hauptfreuden, zu sehen, wie sich die Gesichter ihrer Mädels beim Anblick des neusten Schmucks ihres Zimmerchens verklärten. – Das kindliche Pärchen betrachtete in seltener Verträglichkeit die plastisch erscheinenden Photographieen durch die Gläser. Da sandte ihnen ein mißgünstiges Geschick ein Zankobjekt in Gestalt einer Darstellung der Gefangennahme Napoleons des Dritten. Ein heftiger politischer Streit entwickelte sich, als Lotte sagte, daß einem der arme französische Kaiser doch eigentlich ein ganzes bißchen leid thun könne. Max bestritt dies energisch, und die Gemüter erhitzten sich von Moment zu Moment mehr.

Politik ist immer eine gefährliche Sache. Lotte schlug mit der Faust auf den Tisch, Max trommelte auf dem Holzkasten des Stereoskops. Irgend einer von ihnen riß an der Tischdecke oder verhakte sich in dem Stoß Bilder – kurzum, der Apparat fiel um. Als Lottchen ihn auffangen wollte, sauste er gegen das Schreibzeug, das stets die Tischmitte behauptete. Was nun geschah, wissen die Kinder nicht mehr genau zu sagen. Nur eins sahen beide versteinert mit an. Die Tischplatte senkte sich nach ihnen, die Photographieen rollten zu Boden, das Stereoskop hinterdrein und – aus dem durch die Neigung aufgegangenen Tintenfaß ergoß sich ein dicker Strahl schwarzer Flüssigkeit auf das rote Sofa! – Wehe, wehe!

Max hielt den Tisch, Lotte die Decke fest. Dann sammelten sie die heruntergefallenen Gegenstände und trugen sie, da sie nichts »abbekommen«, auf die Kommode. Das Schreibzeug wurde mit Papier gereinigt, neu gefüllt; und alles hätte harmlos wie zuvor dastanden, wenn nicht die Lache auf dem Rips das Unheil verkündet hätte.

»Wie kriegen wir die Tinte 'raus?« jammerte Lotte verzweifelt.

»Löschblätter!« stammelte Mäxchen schüchtern.

Seine Freundin stürzte fort und kam mit einem Pack Löschblätter zurück. Eiligst wurde die Flüssigkeit aufgenommen und sog sich auch wirklich in dem Papier auf. Trotzdem blieb ein riesiger schwarzer Fleck gerade in der Mitte der Ripsfläche.

»Salz oder Zitrone nimmt meine Mutter immer!« meinte der junge Helm nachdenklich.

Mit Vorsicht entfernte sich Lotte, um Auguste nichts von dem »graulichen Pech« merken zu lassen. Sie kehrte auf den Zehenspitzen wieder, den Raub unter der Schürze versteckt. Beide vorgeschlagenen Mittel aber halfen nichts, vielmehr verschlimmerte die Zitrone noch die Sache, denn ein paar unangenehme hellrot-gelbe Streifen kamen hinzu.

»Ich Esel!« rief Lotte plötzlich und schlug sich gegen die Stirn. »Bimsstein ist ja das Einzige, was wirklich hilft!« Sie rannten nach dem Waschtisch und fanden wirklich zwei ansehnliche Stücke Bimsstein vor. »So,« flüsterte Lotte eifrig, »schnell, die machen wir mit dem Wasser in den Krügen naß und reiben dann den Stoff tüchtig ab, das hilft sicher!«

Beide beugten sich nun über die breite Sitzfläche des Sofas und begannen aus Leibeskräften zu scheuern.

»Es wird schon heller!« jauchzte Mäxchen. Sie hielten eine Sekunde an und gingen dann wieder ans Werk. Wirklich, die Flecke schwanden, »es« wurde heller und heller! Den Kindern rann in ihrem Eifer und Jubel der Schweiß von der Stirn.

Plötzlich hielten sie beide an und starrten hinunter. Lottes Arme senkten sich wie gelähmt. »Donnerwetter!« entfuhr es ihnen beiden wie aus einem Munde. Der starke Rips hatte nach langem Widerstände den harten Steinen weichen müssen. Die Tintenflecke waren verschwunden, denn da, wo sie einst gewesen, prangte ein riesiges Loch, leuchtete starkes hellgelbes Futter hervor. Der ausgefranste Rand, die durchdringenden Roßhaare gaben dem schönen Sofa ein trauriges Ansehen. Es glich einer schönen Frau, deren Gesicht durch häßliche Brandnarben entstellt ist.

»Na, ich danke!« sagte Max. »Das setzt was! Aber du warst schuld, du hast die Tinte umgeschmissen und den Bimsstein vorgeschlagen!«

»Und du hast gezankt, alter Streithammel, und du bist schuld, nur du!« entgegnete Lotte.

Aus Worten wurden Thätlichkeiten. Bald lagen beide rollend und aufeinander einschlagend am Boden. Das Gebrüll lockte Auguste aus der Küche herbei. Sie trennte die Raufenden und wies den kleinen Gast mit einem tüchtigen »Stubs« als Wegzehrung aus der Wohnung. Um ihn nur ja rasch loszuwerden, schleppte sie ihm selbst schleunigst seine Spielsachen nach. Als sie wieder herunter kam, erhielt Lotte von ihr die erste Schelte in tüchtigen Ermahnungen. Diese waren aber nur die Vorboten noch schlimmerer Vorgänge. Ellas Vorwürfe und Klaras Ohrfeigen steigerten sich in gediegene Prügel, die Mama verabfolgte, als die Sache am Nachmittage entdeckt wurde. Auf ihr Zimmer verbannt, verlebte Lotte, während vorn Gäste lachten und scherzten, traurige Stunden. Aus ihren lustigen blauen Augen tropften die Thränenströme ebenso beharrlich, wie draußen die Regengüsse. Kurzum, dieser Sonntag war und blieb ein verregneter, innen wie außen.

Viertes Kapitel.

Unglückliche Nachbarn.

Der Garten, in dem unser Quartett seine Mußestunden verlebte, stieß an drei Nebengärten. Es war selbstverständlich, daß diese das größte Interesse der Kinder erregten. Sie wußten genau, daß rechts von ihrem Spielplatze ein junges zärtliches Ehepärchen wohnte, das die alleinige Benützung des schmalen Landstückchens hinter seinem Hause kontraktlich ausbedungen hatte. Mit unendlichem Fleiß und vielen Kosten schufen Herr und Frau Köhn sich ein kleines Blumenparadies mit poetischen Flieder- und Jasminlauben. Morgens und abends sprengten und begossen sie eigenhändig die Beete, harkten die Kieswege und ruhten in den Lauben von ihrer Arbeit aus. Wie es oft die Gepflogenheit glücklicher Neuvermählter, benützten sie ihre Pausen zum Austausch von Zärtlichkeiten und vergaßen vollständig, daß nebenan auch Menschen hausten. Kein Polizeibeamter hätte seine Verbrecher besser aufs Korn nehmen können, als die vier Kinder die Familie Kühn in den ersten Wochen ihrer Ehe. Wenn die Dienstboten des Morgens den Kaffeetisch auf der Veranda, die nach dem Garten herauslag, deckten, erkletterten Haffners, Max und Lotte mit Hilfe der Kletterstange das Turngerüst und setzten sich nebeneinander auf den Querbalken. Von diesem aus beobachteten sie das Pärchen, zählten die getrunkenen Tassen Kaffee, die verspeisten Semmeln, die getauschten Küsse. Sie beobachteten, daß Herr Köhn seine Frau »besonders verliebt anglotzte«, wenn sie einen himmelblauen Schlafrock anhatte, daß er fünfzigmal die Uhr herauszog und sich dann seufzend und ärgerlich von der Teuren trennte.

Zuerst machten die Kinder den Leuten Spaß. »Sieh da, noch immer Ferien, denn da hocken unsere Spatzen auf dem Telegraphendraht!« meinte Herr Köhn in den ersten Tagen lachend. Dann aber wurde er ärgerlich und verscheuchte »die Spione« mit ein paar energischen hinübergerufenen Worten.

Damit hatte er aber, wie man in Berlin sagt: die Karre im Schmutz verfahren; denn nun waren die Kinder wie losgelassene Hunde. Sie saßen auf dem Zaune, bohrten Gucklöcher in die Latten, rückten Bänke heran, um durch einen oberen Spalt zu lugen. – Wenn nun der junge Köhn in der Jasminlaube saß und seine Ehehälfte liebevoll umschlang, hörte er hinter den Brettern verhaltenes Kichern. Wagte er es, sie zu küssen, so konnte er sicher sein, daß hinter ihnen ein langdauerndes Schnalzen hörbar wurde. Seine Leib- und Magenausdrücke schollen ihm aus dem Nebengarten entgegen.

»Lottepüppchen!« – »Schätzchen!« – »Hundchen!« und »Wonneviehchen!« waren die Rufnamen für Bachs Jüngste geworden, die dann schmachtend zurückrief: »Was wollt ihr, meine Süßen?« oder »Max, Herzensschatz« – »Fritz, mein Ein und mein Alles, gießt du jetzt die Blumen?« – »Franz, du Herrlichster von allen, wie glücklich machst du mich«.

Eines Tages wurde aber dem geduldigen Köhn die Sache zuviel. Er versteckte sich hinter der Laube, ahmte ein Gespräch nach und wartete gespannt, bis die Missethäter lachend hinzuschlichen. Als sie nichts ahnend ihre Lauscherposten bezogen hatten, sprang er auf eine Leiter und tauchte plötzlich oberhalb des Zaunes auf. Die Kinder schrieen erschreckt auf. »Ich will euch einmal 'was sagen, meine Lieben,« sagte er entrüstet, »wenn ihr euch noch ein einziges Mal untersteht, den Unfug zu wiederholen, mit dem ihr euch die letzten Wochen beschäftigt und die Zeit vertrieben habt, so passiert etwas! Bei der nächsten Ungezogenheit besuche ich eure Eltern und werde ihnen sagen, wie ihr euch benehmt. Schämt euch, denn ihr betragt euch schlimmer als Straßenkinder. Der Vater meiner Frau ist Polizeirat, wenn ich dem alles erzähle, so kann es euch noch schlecht gehen. Merkt euch das!« Er warf noch einige drohende Blicke auf die eingeschüchterten Rangen, deren tiefes Erröten ihn innerlich höchlich amüsierte, und tauchte ins »Dunkel« seines Gartens zurück. Seine eindringliche Rede hatte gewirkt. Die Beobachtung stets wiederholter Handlungen war den Vieren längst langweilig geworden. Lotte faßte ihre Gedanken über die Sache kurz zusammen: »Na, denn nich', Herr Köhn. Eigentlich war's ja auch mopsig! Mir ist's höchst pipe, ob er sie abknutscht, oder sie ihn. Die Haberei von den beiden ist überhaupt dämlich.«

Diese Worte erwischte der enteilende Köhn noch und kam, sich vor Lachen biegend, zu seiner holden Gattin, die schon gespannt das Ende des Feldzuges erwartete. Von diesem Tage an blieben die Liebenden unbehelligt. Nur als der junge Ehemann eines Morgens

mit neuen hellen Beinkleidern auf der Veranda erschien, hörte er
stirnrunzelnd nebenan einen vierstimmigen Gesang ertönen:

»Ferdinand, ach, wie schön bist du, mit den hellen Hosen,
Jedes Mädchen lacht dir zu, Ferdinand, ach wie schön
bist du!«

Jedoch seine reizende Gattin beruhigte ihn und räumte still-
schweigend eine Reihe von Bildern fort, die man auf den Gartentisch geklebt hatte. Es waren Ausschnitte aus humoristischen Zeit-
schriften, die, grell angetuscht, liebende Pärchen darstellten. Von
Köhns fort wandte sich die Aufmerksamkeit der vier Spielgefährten
auf eine andre Nachbarschaft. An ihren Garten stieß ein andrer
ganz winziger, der zu einer Bäckerei gehörte, deren langjähriger
Inhaber gestorben war. Sein Nachfolger wurde der dicke Herr
Faust, der mit seiner verschrumpelten, »vergneddert« ausschauen-
den Ehehälfte von den Kindern sofort in »Fäustlich und Compag-
nie« umgetauft wurde. – Diese in der That unangenehmen Menschen ließen das gepflegte Gärtchen verkommen. Ja, nach einiger
Zeit bemerkten unsre Vier von einem Laubendach aus mit Entrüstung, daß sich ein stattlicher Mist- und Schutthaufen in unmittelba-
rer Nähe ihres Zaunes aufzutürmen begann. Dicht daneben strickte
die Fäustlich, deren »Riechlöcher«, laut Fritz Haffners Ausspruch,
verstopft zu sein schienen. Die ehrsame Frau und der Haufen wurden unablässig von einem kläffenden Köter umrast, von dem wieder der sachverständige Franz bemerkte: »Pfui Deibel, das Viech hat
keine Rasse. Das ist 'ne Kreuzung von Bulldogg' und Rattenfänger.
Kinder, dem thun wir mal was an!«

In diesem Momente, allwo sich vier Menschlein gegen ihn verschworen, bemerkte der Hund die über den Zaun spähenden Kinder und geriet sofort in einen dem Wahnsinn nahen Wutausbruch.
Er sprang gegen die Laube, tobte, wälzte sich im Sande, belferte,
jaulte und heulte wie ein Besessener, worauf sein Frauchen ihm in
den höchsten Fisteltönen zurief: »Sei doch man jut, Putzeken, rege
dir man nicht uf, mein ollet bravet Putzeken!«

Die Kinder hörten den Namen mit Begeisterung, und nun ging es
tagein tagaus: »Putzeken, sei gut, Putzeken, rege dir man bloß nicht

uf!« auch auf ihrem Grund und Boden. Frau Fausts gelbbraune Gesichtsfarbe vertiefte sich dann vor Wut, es war gut, daß der Himmel nicht die Flüche erhörte, die sie auf »die verdammtigen Bälger« herabflehte.

Lotte ging auf der Straße an keinem Hunde vorbei, ohne die eingehendsten Studien zu machen. Sie verstand es nach einer Woche schon, so naturgetreu zu knurren und zu belfern, daß »Putzeken« tobsüchtig wurde, wenn er es hörte. Fritz und Franz miauten dafür um so genialer. Sie lauerten auf ihrem Laubendache so lange, bis die »Töhle« neben seiner Herrin niederkauerte, sich faul streckte und endlich sanft einschlief. Dann ging es los, da oben! Erst ein ganz leises zartes: »Mii–au«.

Putzeken blinzelt mit den Augen und spitzt die Ohren.

Langsam schwillt das sanfte: »Mii-au« zu einem stärkeren Geräusch an.

Putzeken knurrt und hebt den Kopf. Er erhebt sich auf die Vorderfüße.... Auf der Laube erschallt ein wahres Katzenkonzert in den wimmerndsten, inbrünstigsten Miauvariationen. Zu gleicher Zeit beginnt Lotte in einem entfernten Winkel des Gartens zu bellen, durchdringend und heulend, wie nur ein gereizter Hund es vermag.

Nun ist es um Putzeken geschehen. Seine Geduld ist erschöpft. Er winselt durch das Gärtchen, erklettert den Misthaufen, tobt, rast, fuhrwerkt 'rum, bis er erschöpft den nutzlosen Kampf aufgibt und matt japsend zu Boden sinkt.

Drei Tage fällt er auf das nachbarliche Anulken 'rein, dann durchschaut er das schändliche Manöver und bleibt friedlich liegen. So sinnt denn unser Quartett auf neue Tücke.

Lotte und Franz graben eines Tages ein tiefes Loch neben dem Zaun. Der Schweiß rinnt ihnen von der Stirn, aber sie schaffen unentwegt weiter mit einem Eifer, der eines würdigeren Zweckes wert gewesen wäre. Max und Fritz sind in den Tiergarten gegangen, um ein geheimnisvolles Etwas, ungesehen von den umherstreifenden Wächtern, zu »stiebitzen«. Nach ein paar Stunden kehren sie rot und erhitzt ausschauend heim.

»Na,« fragt Lotte neugierig, »habt ihr?«

»Na ob!« entgegnet Fritz. »Aber Mühe genug hat's gekostet. Max hat sein neues Messer dabei zerbrochen.«

»Schad't nischt«, meint dieser gleichgültig, »dafür ist's ein feiner, biegsamer Ast, oben dünn und fest, unten dick und handlich. Seid ihr denn so weit?« »Wir, lange, was ihr euch einbildet!« Fritz und Mäxchen sprangen in die Grube und sahen, daß sie wirklich »so weit« waren. Bäcker Fausts Zaun reichte ziemlich tief in die Erde hinein, da hatten nun die Kinder so tief »gebuddelt«, bis sie unter den halbverfaulten Brettern hindurchgreifen konnten. Sie packten nun den dem Fiskus entwendeten Ast und stießen ihn durch das Loch. Siehe da: er paßte! – Für heute war ihre Arbeit gethan, denn von »Fäustlichs« war nichts mehr zu sehen. Wenn die Zeit der frischen warmen Semmeln nahte, also um die sechste Abendstunde, mußte Madame ins Geschäft, um den Kundenandrang mit zu befriedigen. Aber am nächsten Tage, nach der Schule, ging der »Hauptjux« los.

Mäxchen und Lotte erkletterten ihren Aussichtsturm, das Laubendach, und nahmen den Nachbargarten aufs Korn. Franz und Fritz kauerten in der Kule, den Ast in Bereitschaft. Gegen halb Zwei erscholl es von oben her leise: »Achtung, sie kommen!« Harmlos wie stets erschien Frau Fäustlich mit ihrem braunen Strickzeug und Putzeken. Sie machten ein paarmal die Runde und ließen sich dann in der Bohnenlaube nieder, trotz Staub und Mistgeruch. Heute blieb alles still, weder Hunde noch Katzen kränkten das brave Putzeken, das sich daher auch gemütsruhig zum Mittagsschläfchen niederließ. »Jetzt!« klang ein scharf geflüstertes Kommandowort. Die beiden Jungen stießen den Ast durch. Er erschien als merkwürdig drohendes schwarzes Etwas im Nebengarten und begann zitternd hin und her zu »wibbeln«. Putzekens ahnungslose Blicke schweiften vorm Einschlafen durchs Gefild, bis er zusammenschreckend den gespenstischen, sich von selbst bewegenden Stock erblickte. Mit einem Ruck fuhr er auf und sprang in langen Sätzen mutig hinzu. Na, heute war's aber toll, wie er bellte, sich überschlug, den Stock mit den Zähnen packte, der dann schnell zurückgezogen wurde und erst nach kleiner Pause, wenn Putzeken sich beruhigt hatte, wieder zum Vorschein kam!

Oben auf dem geteerten Dach und unten in der Kule schrieen die Kinder vor Lachen über die gelungene neue Folter der armen Hundenerven. Frau Faust zankte und brüllte mit ihrem Lieblinge um die Wette, aber sie wagte doch nicht, thätlich zu werden. Bachs, Haffners und Helms waren ihre Frühstückskunden geworden. Wiederum war »Stockwibbeln« mindestens acht Tage lang Wonne und Zerstreuung der Gartenkinder, die über Putzekens stets erneute Reinfälle immer neue Lachkrämpfe bekamen. – Doch wie bei dem verliebten Ehepärchen, so war auch Frau Faustlichs Geduld nach einer geraumen Spanne Zeit erschöpft. Sie brütete Tag und Nacht auf Rache und hatte endlich einen feinen Plan ausgeheckt.

Am nächsten Sonntagmorgen sollte es fürchterlich tagen! Um fünf Uhr in aller Herrgottsfrühe schleppte einer der Bäckerjungen eine Leiter über den Hof und lehnte sie wie von ungefähr gegen den Zaun. Die Helden unsrer Erzählung lagen noch im tiefsten Traum, als sich drohende Wolken über ihren nichts ahnenden Häuptern zusammenzogen. Ueberspringen wir ein paar Stunden, in denen nichts Erwähnenswertes vor sich ging, und eilen wir zu dem Moment, wo es bei Bachs gegen zehn Uhr klingelt. Das Dienstmädchen öffnet und empfängt kordial Lottes Busenfreundin, Gretchen Thronick, die im schön gestärkten weißen Kleid ihre übliche Sonntagsvisite antritt. Blutrot vor Verlegenheit betritt das schüchterne, blondzopfige Mädelchen das Wohnzimmer und begrüßt knixend die erwachsenen Familienmitglieder.

Lotte stürzt begeistert auf die Neuangekommene zu und überfällt sie mit stürmischen Liebkosungen. Unter innigen Küssen fragt sie sogleich: »Nicht wahr, du darfst bei mir bleiben, süßes Gesteck, – weißt du, wir haben 'n neues famoses Spiel! – Du, ich hab' 'n weißes Kattunkleid mit roten Blumen gekriegt. Mama, Grete hat auch ihr weißes Kleid an, ich darf doch auch mein neues anziehen, bitte, bitte, Muttachen, erlaub's doch!«

Die Rätin kann dem Flehen der Tochter nur schwer widerstehen. »Gut, Lotte, weil heute Sonntag ist, aber du mußt es rein halten. Es darf mir nicht ein einziger Fleck hineinkommen, verstanden? Wenn du es wieder schmutzig machst, lasse ich es von deinem Gelde waschen!«

»Nein, Mutta, ich wer' mich schon in acht nehmen! Wir gehen 'runter. Auguste kann uns die Stullen ja 'runterschmeißen, aber recht dick belegte, ja? Komm, Gretel!«

»Nehmt eure Sachen in acht und tobt nicht so! Du auch nicht, liebes Gretchen, dein Kleid ist auch noch so sauber und hübsch!«

Die beiden Freundinnen poltern die Treppe hinab, daß man den Wiederhall ihrer Sprünge im ganzen Haus hört. Hier außen hat auch Gretchen Thronick ihre Schüchternheit vergessen und plappert ganz vergnügt: »Du, Lotte, was spielen wir denn?«

»Stockwibbeln!«

»Was?« fragt sie entsetzt noch einmal.

»Stockwibbeln! Das verstehst du noch nicht, du Schöps, wir ärgern Putzeken Fäustlich.«

»Strickt das alte Nilpferd immer noch in dem Mistgestank?« fragt die kleine Thronick mit dem holdesten Lächeln.

»Ja, aber weißt du, sie riecht nix. Die Fäustlich hat der Auguste erzählt, daß sie Stockschnupfen habe; mir nennen sie jetzt: die Fäustlichen mits verstopfte Riechhorn – hat Max erfunden, fein, was?«

An der Gartenthür standen die drei Jungen schon, der Spielgefährtinnen harrend. Sie alle hatten heute etwas Unfreies, Unbehagliches in den Bewegungen, wohl eine Folge der gleichfalls frischgewaschenen Anzüge, mit denen man spiellustige Kinder so oft gewaltsam am Austoben hindert. Ueber jedem einzelnen schwebte eine mütterliche Ermahnung, eine väterliche eventuelle Bestrafung beim Beschmutzen der Sonntagsgewandung. Keiner hätte dem andern seine geheime Unruhe mitgeteilt, das verbot der Stolz, aber jeder warf von Zeit zu Zeit einen sorgenvoll prüfenden Blick über seinen Staat.

»Schade,« rief Franz, »mir sind heute alle wie die Pfingstochsen aufgeputzt, nun können wir nicht Stockwibbeln!«

»Warum nicht?« fragte Lotte enttäuscht.

»Na, in den hellen Sachen können wir doch nicht auf die Laube klettern, wir rujinieren ja alles!«

»Das ist wahr! Aber weißt du, wir warten einfach, bis das Viech nebenan loskläfft, und wibbeln dann.«

»Kann man denn nicht durch den Zaun sehen? Ist kein Loch drin?« schlug Grete vor, der daran lag, endlich hinter das Geheimnis des ihr völlig unbekannten Worts »wibbeln« zu kommen.

»Ist doch eine massive Steinmauer, grade nach der Bäckerei zu, du Schafsnase!« entgegnete Max.

Darauf fuhr Lotte, krebsrot, wie eine Furie auf ihn zu und versetzte ihm einen derben Rippenstoß. »Untersteh' dich und schimpf meine beste Freundin, du, du – Elefant! – Schäm' dich was!«

Ein Kampf wäre unfehlbar ausgebrochen, wenn nicht in diesem Augenblicke im Nebengarten ein Gebell laut geworden wäre. Lauter, als es sonst ihre Art war, schrie Frau Faust nun: »Kusch' dir, Putzeken, kusch' dir man!« Eine atemlose Stille trat sofort »hüben« ein.

»Ruhig! Da sind sie! Kommt, wir können wibbeln!«

Die drei Jungen und Lotte stürzten zur Kule, maßen prüfend deren Weite, dann der Kleidung wegen ihren eigenen Umfang und sprangen vorsichtig hinein. Heute, wo sie auf ihre Kleidung Rücksicht nahmen, hüteten sie sich sorglich, den erdigen Wandungen der Grube zu nahe zu kommen.

»Du, Grete, schnell, hole den langen Ast aus der Laube!« rief Fritz dem Besuch zu, der unschlüssig stehen geblieben war und von ferne zuschaute. Das kleine Mädchen erfüllte sofort ihren Auftrag und reichte ihnen den Ast zu, den sie durch das Loch stießen. Abwechselnd setzten ihn zwei der Kinder in Bewegung, worauf sich nebenan ein Hundegezeter erhob.

Grete trat zurück; sie war maßlos enttäuscht. »Ich sehe ja nix,« sagte sie klagend. »Wartet mal, ich klettere auf den Barren, vielleicht kann ich dann 'rübersehen!« Während sie den höhergelegenen Ausschaupunkt bestieg, kletterte »drüben« Frau Faust, mit einem schweren Eimer bewaffnet, leise auf die Leiter, die ihr Gatte und ein Gehilfe pfiffig lächelnd hielten.

»So, ich bin oben!« schrie Grete den Genossen zu.

»Ich auch,« murmelte die ehrsame Faust und hob das schaukeln-
de, bis zum Rand gefüllte Gefäß sorgfältig hoch. Unten erschien der
Ast, wie aus dem Boden gewachsen und »wibbelte«. Putzeken kläff-
te und sprang. Deutlich verhaltenes mehrstimmiges Gekicher wurde gehört. »Die Föhren waren an der Arbeit.«

In dem nächsten Augenblick hörte man einen durchdringenden
Schreckensschrei, dem mehrere andre folgten, Gretchen streckte die
Arme von sich und kreischte warnend: »Da – da –,« fiel platt auf die
Erde und brüllte vor Lachen.

Denn .... oben über dem Zaun erschien die unangenehme Gestalt
der »Fäustlich« und goß blitzschnell den Eimer über den nichts
ahnenden Vieren aus. Während diese pitschenaß losschrieen, rief sie
hämisch: »So, meine Lieben, det schickt euch Putzeken, weil ihr 'n
immer so nett unterhaltet!«

Triefend, sich schüttelnd, laut heulend vor Wut und zu gleicher
Zeit lachend, kamen die Kinder aus der Kule. O weh! Wie sahen sie
aus! Es war zwar nur reines Brunnenwasser, aber es lief von den
Köpfen herab auf Anzüge und Kleid, triefte auf das Schuhwerk und
bildete kleine Lachen rings um die Stehenden. Grete kam hinzu und
half bedauern und beraten.

O weh, o weh! Was war zu thun?

Von »drüben« her scholl tückisches jubelndes Gelächter.

Markers Lina passierte just den Hof. Als sie das Stimmendurch-
einander hörte, machte sie schnell einen kleinen Abstecher in den
Garten, um nach ihrem Liebling zu sehen. – Auch sie lachte dicke
Thränen beim Anblick der nassen Missethäter. Lotte fiel ihr um den
Hals und bat um Hilfe. Das gute Mädchen wußte Rat und war op-
ferwillig genug, ihren freien Vormittag dranzugeben. Auf Frau
Kühnes Maschine wurden fast zwei Stunden hindurch Bolzen er-
hitzt, bis sie glühten. Erst kam Lotte an die Reihe und nach ihr die
Jungen. Sie mußten so lange in der heißen kleinen Kellerküche sit-
zen, bis ihre Kleidchen respektive Anzüge aufgeplättet waren.

Die Eltern merkten nichts, nur Kläre Bach sagte kopfschüttelnd:
»Weißt du, Mütterchen, der neue Kattun von Lotte wird sich nicht
gut tragen, die Farben haben jetzt schon etwas Mattes, Verwasche-
nes!« Auf die von scharfen Augen zeugende Bemerkung platzten

Grete und Lottchen heraus und lachten, bis sie rot und blau waren, worauf sie an die »Luft gesetzt« wurden, denn »so alberne Mädchen gehören noch nicht zu den Erwachsenen«.

Spät am Nachmittage brachte Herr Rat Bach, seine Jüngste an der Hand, den kleinen Gast nach Hause. Auf dem Rückwege beichtete ihm Lotte das neueste Erlebnis. Der Herr Rat lachte derart, daß die Vorübergehenden sich nach dem fein aussehenden Herrn umsahen und verwundert stehen blieben. »Was werdet ihr denn nun thun?« fragte er, als er sich wieder erholt hatte.

»Das wissen wir noch nicht; aber wir wollen ihr was Dolles auswischen. Die olle Hexe soll an uns denken!« antwortete sein hoffnungsvolles Kind.

Rache war süß! Schon am Montag hatten die vier Kinder ihren Plan ausgeheckt. Sie steckten die Köpfe zusammen, wisperten, lachten in einer Verträglichkeit, die auf einhellige Absichten deutete. Drei kleine Geldtaschen wurden ihres Inhaltes auf den Tisch in der Laube entleert und die einzelnen Pfennige zusammengezählt. Es waren gerade zwanzig, und diese Unsumme genügte zur Ausführung ihres finsteren Planes.

Max und Fritz wanderten in die »Kabuse« des Hofes, Franz und Lotte zu einem benachbarten »Spielwarenfritzen«, wo sie einen sonderbaren Gegenstand erstanden, den sie wohleingepackt nach Hause schleppten. – Inzwischen hatten die Zurückgebliebenen gleichfalls eine Leiter gegen den Faustschen Zaun gestellt, und zwar so, daß sie gerade an derselben Stelle stand, wie die der braven Bäckermeisterin, die man aus Vorsicht oder mit Absicht stehen gelassen hatte.

Fritz rekognoscierte von der Laube aus das Terrain.

Drüben saß, geschwollen vor innerem Triumph, Dame Fäustlich und strickte zufrieden. Neben ihr lag der Köter.

»Schnell, wibbelt ein bißchen!« rief Fritz den Gefährten zu.

Diese thaten wie geheißen. Der Ast bewegte sich.... Lotte bellte und Max rief laut: »Xs, xs, xs, Putzeken!« Die »Töhle« erregte sich in steigendem Maße.

Langsam schritt die Fäustlich zur Pumpe und füllte den bereitge-haltenen Eimer. Dann rief sie etwas in die Backküche hinab. Sofort erschien der Gehilfe und hielt die Leiter, die Frau Faust wiederum bestieg.

Fritz lag, um nicht gesehen zu werden, platt auf dem Bauche. Franz stand seinerseits auch auf der letzen Sprosse, eine greulich entsetzliche Maske mit braunwollenem Bart und gemaltem Zahnge-fletsche vors Gesicht gebunden. Lotte hockte, vom Blattwerk fast verborgen, auf einer hohen Kastanie.

Unten »wibbelte« Mäxchen.

Schwerfällig klimmt die Faust, den Eimer balancierend, sproß-aufwärts.

Putzeken tobt und rast.

»Jetzt hab' ich euch!« flüstert die Bäckerin und hebt den Kopf. Sie taucht hervor, der Eimer schwankt. Ein scharfer Pfiff ertönt. Die »Fäustlich« will gießen, da – erscheint vor ihr eine schauderhafte Mördervisage und schreit dumpf: »Huh!«

Ihre Augen weiten sich, sie starrt in die Teufelsfratze und kippt nach hinten. Ein Angstschrei, und Frau Fäustlich fällt rückwärts von der Leiter, mitten in den Misthaufen. Der Eimer macht einen Bogen und übergießt sie mit scharfer Traufe, dann wuchtig auf die Füße des Gehilfen fallend, der gleichfalls losheult.

An allen Fenstern erscheinen lachende Gesichter.

Oben auf der Laube tanzen die vor Schadenfreude winselnden Kinder einen Indianertanz.

Jedoch die Bäckersleute lachten zuletzt und daher am besten. Am nächsten Morgen empfingen die Herren Bach, Helm und Haffner drei bis auf Überschriften und Namen völlig gleichlautende Briefe. Der Bachsche lautete folgendermaßen:

»Hohchgerter Hehr!

Wo ich mir nehmblich beschwehren muhs, daß Ihr Freilein Lotte ferr unartich un immer meine Frauh böleihticht, wo jets schwehrr krank lischt, weil jefallen. Biete döm Kihnt bäser zu hahlten, widri-chenfalls ich beim Wirt un Polzeih geh – waß doch ja nich fain un schöhn bei fornehme Leute. Biete uns for dich Apscheilichkeiten von die Jöhren zu schitzen.

Hocherjebens Ihr jnätiger Gotlib Faust, Bekermeihster.«

Der Herr Rat nahm den Brief sofort ins Bureau mit, aber seine sanfte Gattin hielt nach der Schule eine fürchterliche Exekution. Lotte erschien mit dickverheulten Augen am Fenster und pfiff nach ihren Freunden. Sie kamen alle in ihren Zimmern zum Vorschein; sämtlich scheu und verweint.

»Habt ihr was abgekriegt?«

»Mächtig! Und du?« »Furchtbare Senge, Mutta ist fuchtig; Papa hat mir zugenickt; aber nischt jesagt! Jungens, ich darf heute nicht mehr 'runter!«

»Wir auch nicht!« schrieen Haffners.

»Ich ooch nich'!« Mäxchen Helm.

Darauf schnitten sie sich so viel Fratzen, bläkten die Zunge heraus und sprachen abwechselnd die Räuber- und Erbsensprache, bis der Abend herankam.

Die Affäre »Fäustlich und Putzeken« war wie die »Köhnsche« für unser Quartett erledigt. Nach einer Woche begann die Rotte dem dritten Nebengarten auf der linken Seite ihres »Spielparadieses« Aufmerksamkeit zuzuwenden. Man sah, außer dem Hauswart, der ihn in Ordnung hielt, nie einen Menschen darin, dafür war er mit einer großen Anzahl Obstbäume bestanden. Die Aeste bogen sich fast unter der Last der Früchte und wurden von Stangen und Brettern vorm Abbrechen geschützt. Lotte entdeckte diese Herrlichkeiten, als sie eines Tages auf dem hohen Maulbeerbaum in der Nähe des Zaunes saß, bequem die weichen Beeren pflückte und sofort in ihrem Leckermäulchen verschwinden ließ. Sie versteckte sich häufig in den Baumkronen, wenn »man« sie von oben zum Ueben heraufbeorderte. Lotte war dann eben nirgends zu finden und die »Drahtkommode« blieb von ihren Fingern verschont, sehr zum Besten des unseligen Instrumentes. Solange die Maulbeeren unreif waren, beehrte sie mehr die Wipfel der Linden und Kastanien mit ihren Besuchen, wurde den treuen Verstecken aber sofort untreu, wenn die Zeit der Fruchtreife nahte.

Während sie oben behaglich schmauste, schweiften ihre Blicke zu dem Nebengrundstück hinüber. Ihre scharfen Augen entdeckten die Obstmenge, und ihr findiges Hirn erwog sofort den Gedanken, wie sie sich und den Spielgefährten zu dem Besitz einiger Prachtexemplare verhelfen könnte. Sie spähte scharf über die Rückwand des Hauses, über die ganze Umgebung. Kein Mensch war zu erblicken. Des Sonnenbrandes wegen hatte man die meisten Fenster mit Vorhängen verschattet. – Lotte wagte noch einen Rundblick. Dann ließ sie sich am Stamm wie eine Katze hinabgleiten, bis ihre Füße auf dem Bretterzaun standen. Nun drehte sie sich um, maß die Höhe und sprang kurz entschlossen in den Nachbargarten. So rasch sie konnte, pflückte sie von den reifen Frühbirnen und schleuderte sie flugs über die trennende Wand. Dann faßte sie mit den Fingern in hochgelegene Ritzen zwischen den Brettern, bis sie sich zu irgend einem Stützpunkt emporziehen konnte, und gelangte langsam, aber sicher wieder auf den Zaun. Von dort rutschte sie am Baume entlang hinunter und stand auf dem Weg. Eiligst sammelte sie nun die Birnen aus Gras und Buschwerk und trug sie in die Laube.

Sie aß nun, bis sie nicht weiter konnte und hob den immer noch ansehnlichen Rest für die Kameraden auf. Dann streifte sie im Garten umher und fand in einer entfernten Ecke ihren Todfeind Kühne in festem Schlafe. Sie bekam zuerst keinen geringen Schreck, daß er ihren Raubzug entdeckt haben könnte. Jedoch von seinem Geschnarche und einer aus seinem Rocke vorschauenden »Schnapspulle« beruhigt, trollte sie sich ihres Weges.

»Eigentlich könntest du doch dem Ekel etwas anthun,« zermarterte sie ihr Köpfchen, »aber was?«

Sie setzte sich auf eine Bank, stützte den Kopf in die Hände und grübelte nach. Endlich sah sie triumphierend auf. Heureka, der Plan war gefunden! »Dem ollen Saufbruder konnte etwas aufgemischt werden!«

Leise stahl sie sich zur Remise, öffnete den hochangebrachten Drücker mit Anstrengung und schlüpfte hinein. Sie suchte eine geraume Weile und kam dann mit einem großen zugebundenen Steintopf und einer Tüte zurück. Vorsichtig schlürfte sie über den knirschenden Kies zu dem den schweren Schlaf der Trunkenen schlafenden Mann. Neben ihm standen seine der Hitze wegen ausgezogenen Stiefel. Eilig bastelte Lotte mit pochendem Herzen den Papierumschlag los und goß den Inhalt des Gefäßes – schönen gelben, dickflüssigen Leim – in die beiden Fußbekleidungen. Dann überstäubte sie den Liegenden noch tüchtig mit Gips, klebte seine schäbige Mütze mit Leim auf einen Starkasten, der in einer hohen Linde angebracht war, und räumte die Zeugen ihres Schandthuns aus dem Wege. Nun verschwand sie aus dem Garten und begab sich, froh des Geschehenen, an ihre Schularbeiten. Niemand war »unten« gewesen; denn die Jungen waren noch in der Schule.

Da Lotte Mappe und Hut zu ihrem Abstecher in den Garten mitgenommen hatte und jetzt erst die väterliche Wohnung aufsuchte, öffnete Auguste unbefangen auf ihr Klingeln.

»Nanu, Mauseken, es ist ja schon zwölf Uhr, habt ihr denn heute der Hitze wegen nicht schon um Elfen aus?«

Die Kleine murmelte etwas Unverständliches und verzog sich, hochrot im Gesicht, in ihr Gemach.

Als die Familie Bach gerade gemütlich beim Mittagbrote saß, klopfte es an der Hinterthür. Kühne stand blaurot, leicht schwankend da und bat, den Herrn Regierungsrat sprechen zu dürfen. »Nanu, mich?« meinte dieser. »Na, dann immer 'rin in die gute Stube! Der brave Kühne kann nicht verlangen, daß ich mein Essen kalt werden lasse!«

Kühne trat bescheiden und sich mühsam zusammenraffend, vor das speisende Familienforum.

»Na, Herr Kastellan, was führt Sie zu mir? Soll ich wieder ein Gesuch aufsetzen?« rief ihm der Rat fröhlich entgegen.

Der Gefragte antwortete leise mit der »gebüldeten Art«, die er sich im Laufe der Zeit angeeignet hatte. »Hörr Rat! Ich wollte müch nur ergebenst erlauben, nachzufragen, ob Uehre Tochter Lotte meine Stüfel ünnen müt Leim begossen, so dass müch ein Anzühen von ühnen unmöglüch geworden üst!«

»Soviel ich weiß, hat Lotte bisher gearbeitet!« warf die Rätin ein und beobachtete scharf ihren Wildfang, der äußerlich ungerührt dasaß.

»Wann ist es denn geschehen, Herr Kühne?« fragte Ella mit verhaltenem Lachen.

»Während üch derweil ein Nückerchen rüskierte, zwischen Elf und Klock Zwölf,« brachte der Portier hervor und rückte, unter den vielen Blicken verlegen werdend, an seinem noch immer weiß schimmernden Anzug herum.

Da fiel ihm aber Auguste, die neugierig an der halboffenen Thür stehen geblieben war, entrüstet ins Wort: »Immer haben Sie etwas mit unsrer Kleinen vor, heute weiß ich aber besser Bescheid. Sie ist erst um Zwölfe von die Schule gekommen und hat sofort ihre Aufjaben jemacht. Also war's unsre Lotte nicht!« Damit kehrte sie sich energisch um, und ein halbverwehtes: »Oller versoffner Kerl!« drang durch das Gemach. Die älteren Schwestern platzten jetzt in ein unaufhaltsames Gelächter aus.

»Ich soll's immer sein! Herr Kühne kann mich eben nicht ausstehen!« quakte die kleine Heuchlerin los und legte heulend den Kopf auf den Tisch.

»Nanana,« beschwichtigte der Rat und streichelte das zerzauste Köpfchen. »Sie sehen, lieber Kühne, diesmal war es unsre Range nun einmal nicht; ausnahmsweise!« fügte er neckend hinzu.

»Dann habe üch um Pardong zu bütten. Uerren ist menschlüch!« entgegnete Kühne, trotzdem felsenfest von Lottes Schuld überzeugt. Mit dem Vorsatz, es dem »niederträchtigen Jöhr« noch anzustreichen, verbeugte er sich und zog sich zurück. – Der Rat aber sagte nachher lachend zu seiner Gattin: »Das wäre wieder so recht unser Kind gewesen. Zugetraut hätte ich es ihr!«

Am Abend, es dämmerte schon stark, da saßen unsre Vier gemütlich in der Laube zusammen. Lotte hatte sich von den Jungen die rechte Hand aufs Schweigen geben lassen und dann ihre Tücke zum besten gegeben. Strahlend vor Wonne zeigte sie ihnen noch die hoch oben im Lindenwipfel prangende, auf dem Starkasten angeleimte Mütze. Solche Lachstürme hatten die Hausbewohner selten vernommen. Alle Dienstmädchen kamen und sahen das »Corpus delicti« an, das der Teufel dem alten Säufer entführt hatte. Kühne aber ballte insgeheim, rachebrütend die Fäuste. –

Die gemausten Birnen waren von den über ihrer Freundin Herzensgüte tief gerührten Jungen verzehrt worden. Die Dinger hatten nur einen Fehler: Sie schmeckten nach mehr! – Allabendlich unternahmen nun unsre Vier Raubzüge in den Nachbargarten und kehrten mit gefüllten Taschen zurück. Daß sie sich an den Obstmassen nicht den Magen verdarben, war ein Wunder, das ihren eigenen Stolz und ihr Erstaunen hervorrief.

Haffners, Lottes Eltern und Schwestern unternahmen die üblichen Sommerreisen. So blieben denn Mäxchen und Lotte alleinige Inhaber des Gartens während der großen Ferien. Auguste hatte eine gewisse Aufsicht versprochen und holte jeden Morgen Gretchen Thronick zum Spielen herbei. Sie durfte den Tag über bei ihrer Freundin bleiben. Das war die Bedingung, welche die Tochter ihren Eltern bei der Abreise gestellt hatte und auf die besagte Leute widerspruchslos eingegangen waren.

Auguste war eine vortreffliche Person. Sie hatte nur den Fehler, abends zwischen Neun und Zehn vor dem Hause mit irgend einem männlichen Bekannten spazieren zu gehen. Dabei unterschied sie scharf zwischen »Ihm«, »Meinem« und »dem Schatz«. Der erste war »irgend einer« aus der Nachbarschaft. Der zweite der »Sonntagnachmittagausgehfreund«, und der letzte ein Schlosser, der sich werktäglich nach ihrem Befinden erkundigte und mit ihr eben jenen Abendmarsch antrat.

Lotte kannte und schätzte alle drei Anbeter ihrer Küchenfee gleichmäßig. Sie liebte Auguste, las mit ihr gemeinsam den Colportageroman: »Die bleiche Gräfin oder die blutige Hand an der Kirchhofsmauer« und spazierte, solange die Eltern verreist waren, nach dem Abendbrot mit hinunter. Gretchen Thronick bummelte dann auch noch mit auf und ab.

Die Kinder ersannen sich dazu eigenartige Vergnügungen. Sie rannten durch die Straßen, klingelten an fremden Hausthoren, bei Doktoren und andern »weisen« Leuten und rannten dann fort. Auf diese Weise bekam Gretchen von einem benachbarten Pförtner eine fürchterliche Ohrfeige, denn sie war harmlos stehen geblieben und sah Lotte überrascht nach, die wie ein Pfeil davonschoß. Dann sprachen sie fremde Damen als »Tante« an oder brachten ehrsame Soldaten in Verlegenheit, indem sie möglichst schnell: ›Bon soir, monsieur, quelle heure est-il?‹ herunterrollten. Darauf konnten die Männer natürlich nicht antworten, machten dumme Gesichter und erweckten den Lachreiz der unartigen Krabben.

Häufig kam Auguste mit »Ihrem« auch nach dem Garten und verplauderte ein Stündchen in der Laube. Diese Zeit benutzten Mäxchen und Lotte zum Plünderungszuge in die Nachbarschaft, wobei ihnen die Dunkelheit zu statten kam. Sie nützten eben die Abwesenheit der Eltern tüchtig aus und blieben solange als möglich auf. – Eines Abends erkletterten die beiden »Obstdiebe« wieder den Maulbeerbaum, um von dort aus den Zaun zu erreichen und hinabzuspringen. Lotte hatte sich einen Riß ins Kleid gerissen und war deshalb noch auf dem Baum sitzen geblieben, während Max schon drüben war. Er eilte in der Finsternis vorwärts, stieß aber plötzlich einen durchdringenden Schrei aus. »Habe ich dich endlich, du frecher Dieb!« erklang eine zornige Stimme. Der unglückliche kleine Junge wurde hierauf ergriffen, übergelegt und bekam eine furchtbare Tracht Prügel »hinten drauf«.

Als Lotte das Klatschen der Schläge vernahm, erhob sie ein Jammergeheul und ließ sich vom Baume hinabgleiten. Als aber der Kamerad weiter »versohlt« wurde, saß sie im Nu auf dem Zaune und kreischte zornbebend: »Werden Sie wohl Max loslassen, Sie unverschämter Kerl! Lassen Sie ihn los, Sie Ekel, Sie!«

Doch der Mann hatte seinen Grimm schon zu lange verschluckt und zu oft vergebens auf der Lauer gelegen. Er bläute weiter und rief bei Mäxchens Gezappel ungerührt: »Du da oben halt deinen frechen Schnabel, du Diebsgesindel! Wenn du noch Radau machst, kommt ihr beide im Grünen Wagen nach dem Molkenmarkt!«

Lotte verstummte entsetzt. Noch ein Hieb, und Max war entlassen. Er kam ganz ermattet von der »dollen Dresche« bei seiner schluchzenden Freundin an. Beide mischten ihre Thränen und Klagen, verschonten aber fortan die Nebengärten.

Fünftes Kapitel.

Ein Sonntagnachmittagsspaziergang.

Die großen Ferien, die so viele Eltern passend mit dem Namen: »Furien« belegen, waren vorüber. Die Reisenden waren von ihren Aufenthaltsorten frisch und erholt zurückgekehrt und hatten die Heimgebliebenen in demselben Zustand angetroffen. Drunten im Garten tobten die Kinder, denen sich Franz und Fritz wieder zugesellt hatten. – Eines Tages kam Lotte zornentbrannt in den Garten herab. »Die infamigten Katzen!« sagte sie mit nachdrucksvollen Handbewegungen. »Denkt nur, unsre Mädel haben die halbe Nacht nicht schlafen können; solchen Radau haben die Biester gemacht!«

»Das ist ulkig!« rief Fritz. »Vater hat gesagt, er will sich von der Polizei 'n Schießschein geben lassen und die Kanaillen niederknallen, ihn haben sie auch so gestört!«

»Wem seine sind's eigentlich?« fragte Mäxchen, der, äußerst pedantisch veranlagt, allen Dingen auf den Grund ging.

»Wollen doch mal denken,« erwiderte Lottchen, »na, also: die olle graue von Markers, Fäustlichs schwarzer Kater und die kleine weiße von drüben aus der Schlächterei. Die drei Viecher kommen immer auf unser Laubendach; wenn wir ihnen doch bloß mal etwas auswischen könnten!«

»Das ist doch mächtig einfach!« meinte Franz.

»Du ollet Schaf! Erst können vor Lachen! Wo hernehmen und nicht stehlen!« zitierte Lotte ihre Auguste.

Die Kinder dachten nach.

Fritz brachte nach einer Pause seinen Vorschlag vor: »Wißt ihr was? Ich habe 'ne großartige Idee, Markers Puß haben wir ja im Keller, die brauchen wir bloß zu fangen, na, und für die andern Viecher legen wir Schlingen auf den Lauben. Ich habe mir von meinem Onkel, dem Oberförster, zeigen lassen, wie man das macht. Dann kriegen wir sie sicher!«

Der Anschlag gegen die Freiheit der Katzen wurde angenommen und mit Stricken und Bindfäden die Schlingen auf den Dächern der beiden großen Lauben angelegt. Aber Tage vergingen, ohne daß die

Bedrohten sich in den Netzen gefangen hätten. Der nächtliche Lärm dauerte jedoch fort. Die Aufmerksamkeit des Quartetts wurde durch einen äußeren Anlaß von seiner Verfolgungswut abgelenkt. An einem schönen Vormittage erschienen fünf Maler mit Leitern, Farbentöpfen und Oelgeruch, um dem Hausflur einen neuen Anstrich zu geben. Die Kinder hockten nun den ganzen Tag bei den Handwerkern und schlossen mit ihnen »dicke« Freundschaft. Dabei machten ihnen nur die Dienstboten des Hauses Konkurrenz, die jetzt unheimlich viel einzuholen hatten und tagsüber wohl an zwanzig mal den Durchgang zur Straße benutzten. Mit enormer Begriffsfähigkeit bemerkten die Kinder bald, daß sich zwischen Haffners Julie und Herrn Schwarz, dem Obergesellen, etwas »anbandelte«. Sie unterstützten das entstehende Liebespaar und spielten willig zwischen ihr und ihm die Vermittler. Herr Schwarz poussierte das hübsche Mädchen etwas, und sie ging nur zu gern darauf ein. So wurden denn Lotte und Fritz schon nach zwei Tagen Ohrenzeugen einer Einladung des stattlichen Malers: »Na, Fräulein Julchen, wie wäre es? Woll'n Sie Sonntag'n bißken mit mir nach dem Lindenpark in Schöneberg schremmeln kommen?«

Während Julchen noch ein wenig spröde that und an ihrer weißen Schürze zupfte, fragten Fritz und Lotte wie aus einem Munde: »Was ist denn Schremmeln?«

»Ei, das wißt ihr nicht und wollt Berliner sein? Na, ihr seid keine echten, mit Spreewasser getauften.«

»Oho,« meinten beide, beleidigt, daß man an ihrer Zugehörigkeit zu dem geliebten Berlin zweifeln konnte, »so'n juter Berliner wie Sie noch lange!«

»Man darum keine Feindschaft nicht, Fritzeken!« begütigte der freundliche Maler. »Also Schremmeln heißt Tanzen. Und der Lindenpark ist der schönste Ort, wo es gibt. Da ist Konzert, Sommertheater, Karussell ....«

»Karussell, ach, wie wundervoll!« schrie Lotte, begeistert die Hände zusammenschlagend. Sie starrte, in plötzlich auftauchende Träume versunken, trübe vor sich nieder.

Schwarz beobachtete sie belustigt. Er zupfte sie an ihrem dicken Zopfe und sagte, lustig mit den Augen zwinkernd: »Ja, denke man bloß, Lotteken, die Inhaber vom Karussell sind meine Verwandten. Er ist meines Vaters Brudersohn.«

»Ach!« stöhnte das Kind aus tiefstem Herzen und blickte halb neidisch, halb verwundert ob dieser idealen Verwandtschaft auf ihn. »Können Sie da frei fahren?«

»Na, das kommt auf die Zeit und den Andrang an; seit Bullermanns ihr Gaul gestorben ist, müssen sie selbst mit 'nem Hund drehen, das ist nicht etwa so leicht. Ein- oder zweimal darf ich mit 'rumrutschen, dann muß ich aber mit schieben helfen! Umsonst ist heutzutage nicht mal der Tod!« Er wandte sich nun zu dem noch immer thatenlos dastehenden Julchen, gab ihr einen leichten Ellbogenstoß und sagte: »Nu, Fräuleinchen, haben Sie sich's überlegt, kommen Sie mit? Um halb Fünf bin ich dann vor der Thür und hole Ihnen ab.«

Die Gefragte schien mit ihrem inneren Kampfe fertig zu sein. Sie stieß ein eiliges »Ja!« hervor, rannte schnell nach der Hausthür und verschwand.

Schwarz pfiff munter vor sich hin und pinselte weiter. Dann kletterte er auf eine Leiter, um noch höher hinaufzureichen, und war mit ganzer Seele an der Arbeit. Da störte ihn Lotte auf, die leise fragte: »Herr Schwarz, bitte, sagen Sie doch, wie teuer ist es denn da einmal 'rum, und spielt auch ein Leierkasten?«

»Na und ob nicht! Sogar mit Glocken- und Trommelwerk! Die Leute sind reich! Wenn es euch mal so sehr karusseliert, dann geht nach dem Lindenpark. Du hast doch die Jungen, die können ruhig ein Weilchen mit drehen helfen, dafür läßt euch mein Cousing auch frei fahren; dich besonders, so'n hübsches Mädel!«

Lotte lächelte geschmeichelt: »Kostet es im Lindenpark Eintrittsgeld?«

»Massenbach! Aber wenn ihr Möpseken kommt, dann sagt ihr einfach dem Billetöhr, daß ihr zu Bullermanns gehört und mitschieben sollt. Er läßt so'ne Spatzen immer noch durchhuppen!«

Lotte sah Fritz fragend an, und dieser sie. »Hättest du die Traute dafür?« sagte sie leise. Er schnipste verächtlich mit dem Finger: »Ich? Selbstverständlich! Aber das könnte dir so passen, du Schafskopp, daß wir da stundenlang drehen, und du fährst als noble Prinzessin drin 'rum, nicht wahr?«

»Habe ich euch nicht immer Obst mitgemaust?«

Auf diesen Einwand schwieg der unritterlich veranlagte Jüngling beschämt.

Für heute zogen sich die beiden Leutchen auf ihren Spielplatz zurück. Sie erwähnten nichts mehr von dem herrlichen Restaurant, wo es Konzert, Theater und Karussell gab. Aber Schwarzens Bemerkung saß wie ein scharfer Hieb, die Wunde blutete weiter. Als der Lehrer Lotten am folgenden Morgen mit der ganzen Klasse die Schönheiten einer Fata Morgana in der Wüste ausmalte, da erstand auch vor ihren Augen solch ein zauberhaftes Luftgebilde. Sie sah kreisende, von Gold und Silber schimmernde Karussells und hörte dazu Drehorgeln und Trommeln. Den ganzen Heimweg über erwog sie die Möglichkeit, daß die drei Jungens mit ihr zum Lindenpark gehen könnten und dort – ach! – –

Vor der Thür wartete Max Helm ihrer mit funkelnden Augen: »Wir haben es!«

»Wen? Das Karussell!« fuhr es aus ihr heraus.

Er sah sie verständnislos an: »Aber Dusel! Das Biest, die weiße Katze. Sie sind auf der Laube gewesen, und sie ist hängen geblieben!«

»Ei Donnerwetter! Was machen wir nun?« sagte sie jetzt auch aufgeregt. »Totschlagen aber bitte nicht!« »Quatsch!« erwiderte der Kamerad. »Mach', daß du auch in den Garten kommst! Fritz und Franz wollen eben versuchen. Markers Pussy zu fangen; dann kriegen die beiden Viecher Keile!«

Die Kinder stürzten auf den Spielplatz. Auf der Laube miaute »die Weiße« kläglich. Haffners saßen mit total verkratzten Gesichtern da und hielten die graue Hauskatze mit vereinten Kräften fest. Kaum erblickte Lotte die Tiere und die vor Grausamkeit funkelnden Augen ihrer Freunde, da rührte sich ihr gutes Herz. »Bitte, bitte, nicht schlagen, Jungens! Wir wollen ihnen lieber einen andern Schabernack spielen!« flehte sie mit solcher Inbrunst, daß Mäxchen den schon erhobenen Stock sinken ließ.

»Was aber dann?« fragte er enttäuscht.

»Unsinn, hau' zu, die dumme Liese hat immer was!« schrie Fritz ärgerlich. Aber Lotte fing an zu weinen, und da kam ihr Franz sofort zu Hilfe.

»Na, denn bon!« sagte er, »dann schlag' du was andres vor; aber 'ne Strafe müssen sie kriegen für den Radau in den Nächten! Flink, schlag' vor!«

Lotte zermarterte ihr Hirn, um die Katzen vor Strafe zu schützen. Sie ließ die Blicke umherschweifen, und siehe da, sie trafen auf einen frischgestrichenen Gartentisch. Die Idee kam gleich einer Erleuchtung!

»Ich hab's,« sagte sie vergnügt lachend. »Schwarz und seine Gehilfen haben jetzt Mittagszeit. Kühne liegt doch irgendwo besoffen, da können wir uns die Farbentöpfe holen und pinseln die Biester bunt an!«

»Hurra!« brüllte Fritz, »Mädchen, du bist doch nicht so dämlich, wie du aussiehst! Flink, lauft und holt Pinsel und Farben her!« Dabei hatte er Pussys Vorderpfoten ein wenig fahren lassen. Das Tier zog ihm sofort die Krallen seiner Linken scharf über die Hand. »Na warte, du gemeines Ding,« brüllte er sie an, »dich male ich mit allen Farben an, daß dir Hören und Sehen vergeht!« Damit packte er sie von neuem.

Inzwischen stürzten Max und Lotte durch Garten und Hof nach dem Hausthor. Dort standen in einer Reihe aufgepflanzt die Töpfe mit Farben, daneben lagen die Pinsel, nach der Größe geordnet. Der Flur bekam eine Verzierung von bunten Blumensträußen, daher hatten die Kinder Auswahl unter den mannigfaltigsten Rot, Blau, Grün etc.

»Was nehmen wir?« fragte Max, von der »Fülle der Gesichte« betäubt.

Lottes Wangen glühten: »Für die Weiße rot und grün! Für Pussy, die sieht so schon so dreckig aus, hier das Hellgelb und dazu dies Kornblumenblau! Die Köpfe von beiden machen wir schwarz, das sieht dann wunderhübsch aus!«

Sie packten die ausgesuchten Töpfe und eine Reihe Pinsel auf ein gegen die Wand lehnendes Brett und trugen es gleich einem Tablett auf den Platz der Exekution. Selbstverständlich wollten Fritz und Franz auch nicht thatenlos zusehen, sondern an dem »Teufelswerk« mitmalen. Schnell entschlossen banden sie die Beine des unglücklichen Tieres so fest gegen die Stäbe der Laube, daß es sich nicht rühren konnte. Dann begannen sie jubelnd und erregt die künstlerische Thätigkeit. Fritz und Lotte bemalten Markers »Graue«, die andern beiden Schlächters »kleine Weiße«. Trotz des kläglichen Miauens der beiden Opfer wurden die Pinsel immer wieder eingetaucht und die Farbe ein paarmal dick auf dem Fell aufgetragen, wo sie sich an den weichen Haaren sofort festklebte. Der Geschmack der Kinder feierte Orgien. Pussy hatte einen schwarzen Kopf, einen kornblumenblauen Körper und hellgelben Schwanz mit roten Beinen. Die fremde Katze bekam einen grünen Kopfanstrich, roten Körper und blaue Beinchen. – Eine Viertelstunde verging den jungen Künstlern wie im Fluge. Ihr Werk war vollendet.

»So jetzt lassen wir sie noch ein Weilchen hier in der Sonne liegen, dann trocknen sie schneller und verwischen nicht gleich!« meinte Fritz. »Wir können ja inzwischen Räuber und Prinzessin spielen.«

Jauchzend tobten die vier Kinder durch die Wege. Die Katzen trockneten im Sonnenbrande. Auf einmal sagte Lotte, erschrocken im Rennen innehaltend: »Um Gotteswillen, wir müssen die Farben und Pinsel zurückbringen, sonst merkt man, daß wir es waren!«

»Quatsch, auf die Idee kommt kein Gott!« rief der unschuldige Franz in höchster Selbsttäuschung. Aber sie kamen doch ihrem Rate nach und brachten die Töpfe an Ort und Stelle, ehe die Maler aus der Mittagspause zurückkamen.

Punkt zwei Uhr wurden Haffners zum Essen heraufgerufen. »Derjenige, der von euch zuletzt aus dem Garten geht, bindet die Viecher los!« befahl Fritz. Er versetzte dem nichts ahnenden Mäxchen eine furchtbare Ohrfeige im Vorbeigehen und entfloh schleunigst, ohne auf die wütenden Scheltreden des Kameraden zu achten.

Um halb drei wurde Max abbefohlen, und um drei Uhr Lotte. Sie schnitt rasch die Schlinge und die Bindfäden durch und verschwand ebenfalls. Auf dem Tatorte befanden sich nur noch die entsetzten Katzen, die sich streckten und reckten unter beständigem Zerren der verkleisterten Haare.

Die drei uns besonders interessierenden Familien saßen friedlich in ihren Speisezimmern, als sich auf dem Hofe ein markerschütternder Schrei hören ließ. Diesem folgten verschiedene andre und wahre Stürme von Gelächter. Man hörte schreien, rufen, Fenster aufreißen. Die Bewegung nahm zu.

»Sieh doch mal nach, was da unten los ist, Ella,« sagte der Rat etwas ungeduldig; »sobald Handwerker im Haus sind und der Wirt verreist, sind die Frauenzimmer außer Rand und Band.«

Ella erhob sich und blickte hinunter, auch sie schrie auf und schüttelte sich vor Lachen. »Kommt her, kommt her!« stöhnte sie dazwischen atemlos.

Auch die andern stürzten ans Fenster, Lotte hinterher. Das ganze Haus war auf den Beinen. Der Major und seine Gattin, das Ehepaar Helm, kurz alle Mieter lagen in den Fenstern; denn unten gab es ein sonderbares Schauspiel: Auf dem Hofe hockten, verschüchtert, verängstigt, klägliche Miaus ausstoßend, die beiden farbenprächtigen Katzen. Neben diesen kauerte, die Hände ringend, das Markersche Mädchen. Die Herrschaft war noch im Bade und hatte ihr Pussy, das süße Tierchen, besonders anvertraut. Die Maler, Kühnes, alle standen tröstend und lachend neben ihr.

»Das war't ihr, niederträchtige Bengel!« hörte man den Major ins Zimmer donnern. »Diesmal gibt es aber exemplarische Strafe. Ihr kommt beide Oktober ins Kadettenhaus!«

»Du warst auch dabei, Lotte!« rief jetzt auch der Rat. So zornig hatte die Kleine ihren Vater aber doch noch nicht gesehen. Er war entrüstet über diese Tierquälerei.

Wie immer, so trug auch diesmal unser Quartett gemeinsam die Folgen seiner Unart. Erst »Keile«, dann »Strafarbeiten«, zuletzt, auf verabredeten väterlichen Beschluß, viertägige »Verbannung« aus dem Garten. So banden die drei Herren ihren Gattinnen eine viertägige Zuchtrute in der edelsten Absicht.

Zwei Wochen vergingen. Obgleich Kinder sonst für ihre Unarten kein Gedächtnis haben, sondern meist von einem Tage zum andern vergessen, blieb der Vorfall mit den Katzen doch in ihrem Gedächtnis schaudernd haften. Markers Pussy war zwei Tage nach der Bemalung sanft verreckt. Die Zweifel, ob sie oder ein anderer Zufall daran schuld, plagten unsre vier Rangen. Sie setzten den noch immer bunten Leichnam unter vielen Tränen in einer Gartenecke bei und hörten zerknirscht die ermahnenden Reden des Herrn Rats an. Auch die fremde weiße Katze war nie mehr gesehen worden. Und durch die Träume der kleinen Sünder huschten häufig gespenstische Katzen. Es ging im Garten lange Zeit ordentlich manierlich und ruhig zu, so daß die Eltern wieder Vertrauen faßten und die Zügel lockerer ließen. Die »Mörder« hatten es nämlich auch für viele Tage mit den Dienstmädchen verspielt und mußten sich erst nach und nach wieder in die Herzen der weichherzigen Küchenfeen einschmeicheln.

Dazu verhalf ihnen ein ganz besonderer Umstand, und zwar das Liebesverhältnis zwischen Schwarz und Haffners Köchin Julie. Der Maler arbeitete jetzt in der Nähe des Gymnasiums, das die beiden Brüder besuchten. Er vertraute ihnen stets die Briefe für »sein Mädchen« an und bahnte damit auch den Weg der Versöhnung. Julchen tat »dicke befreundet« mit den Jungen. Als sie von ihrem Ausflug nach dem Schöneberger »Lindenpark« zurückkehrte, erzählte sie ihnen so viel von den Herrlichkeiten dieses einstmals so berühmten Lokales, daß die Kinder den innigen Wunsch bekamen, selbst einmal dieses »Wundertier« zu besuchen. Jede Partei versuchte, den Eltern diesen Begehr vorzutragen, wurde aber schnöde abgewiesen.

»Papa hat gesagt, auf so ein ausgefallenes Bumslokal könnte nur ich verfallen!« erzählte Lotte mit einer gewaltigen Schippe. »Aber ich gehe doch hin; was ich will, will ich und thue ich!« Dabei stampfte sie energisch mit dem Fuße auf. »Ihr könnt ja zu Hause bleiben, feige Waschlappen!« höhnte sie weiter.

»Was du dich traust, trauen wir uns auch, du dumme Trine!«

»Affenschwanz! Esel! Schweigt!«

»Schweig du!«

Der Hieb mit der »Feigheit« saß und übte seine Wirkung. Als Lotte am Sonntag hinunterkam, sagte sie harmlos: »Macht, was ihr wollt, ich gehe heute nach dem Lindenpark. Meine Eltern und Schwestern sind bei Onkel Doktor eingeladen!«

»Du kannst doch nicht allein gehen!« rief Franz besorgt.

»Na, und ob nich'!« entgegnete sie und knipste mit den Fingern. Dann wandte sie sich diplomatisch weg und schlug am Reck einige Wellen.

Die Jungen sahen sich an. »Weißt du, die Eltern sind in Lichterfelde beim Kommandanten, da kommen sie immer erst spät nach Haus. Wir könnten ruhig mitgehen!« meinte Fritz.

»Aber, wenn uns der Bursche verpetzt. Er hat heut keinen Ausgehtag!«

»Der muß seinen Rand halten! Ich habe gesehen, wie er gestern Cigarren und Gilka gemaust hat, das weiß er auch!«

»Na, dann wollen wir doch!«

»Mir ist recht!«

Nur Mäxchen ließ sich ruhig für feige erklären und blieb daheim. Seine Stellung in der Schule war jetzt eine so »maue«, daß er sein Kerbholz nicht noch mehr belasten durfte. Traurig blieb er also um halb Vier allein im Garten sitzen, als die andern »losstiebelten«, den armen Burschen noch mit der Lauge grimmigsten Spottes übergießend.

Die beiden Haffners in weißen Matrosenanzügen und hellblauen Kragen, Lotte in weißem Mullkleid mit hellblauer Schärpe, aufgelöstem Haar und großem weißem Helgoländer Hute, sahen wie recht gepflegte vornehme Geschwister aus. Wohlgefällig blickten ihnen viele der Vorübergehenden nach, die allerdings nicht wußten, auf welch verbotenen Pfaden dies Trio wandelte. Sie mußten, um zu ihrem Ziele zu gelangen, an dem Hause vorübergehen, in dem die übrige Familie Bach zu Besuch weilte. Natürlich entdeckte Lotte ihren Vater und den Onkel rauchend auf dem Balkon. – Hinter einem Omnibus mitrennend und sich scheu duckend, kamen sie an dem gefährlichen Punkte vorüber. Langsam schlenderten sie nun den letzten Teil des Weges, der heute außergewöhnlich belebt war.

Sämtliche Dienstmädchen des Westens wallfahrteten mit ihren »Schätzen« nach dem »Schwarzen Adler« und dem »Lindenpark«, um dort ihren Ausgehnachmittag zu verbringen.

Unsre drei, mit dem Wege nicht recht vertraut, schlossen sich furchtlos dem großen Haufen an und standen endlich mit einer Menge Einlaßbegehrender vor dem Eingang ins »gelobte Land«. Ihre Herzen klopften nun doch etwas unruhig ob der Erwartung ihres Schicksals. – Endlich war die Reihe an ihnen. Der Billeteur betrachtete die drei reizenden, von besserer Herkunft zeugenden Kleinen mit einer gewissen Spannung.

»Na, Kinnings, wollt ihr ooch etwa 'rin? Ihr jeht noch auf Kinderbillete! Man 'raus mit die Börsen!«

Das Trio wechselte entsetzte Blicke, keins von ihnen hatte einen Pfennig bei sich. Fritz faßte sich ein Herz und sagte zu dem gutmütigen Berliner: »Nee, Herr Kastellan, wo nischt is, hat der Kaiser 's Recht verloren! Wir haben gar kein Geld; aber wir möchten so gern 'rin. Wir kennen Bullermanns, denen das Karussell gehört.« – Er sprach recht berlinisch, wie es sein Vater that, wenn er mit seinen Soldaten redete; denn »so was« macht populär!

»Nanu brat' mir einer 'n Storch! Nächstens seid ihr noch Verwandte von dem ollen Schnapssack und seiner Schlange!«

»Das nun gerade nicht,« rief Lotte, deren Gefühl sich gegen solche Zumutung sträubte, »aber wir kennen einen Vetter, den Maler Schwarz, der hat unser Haus frisch gestrichen. Wenn wir von dem kommen, dürfen meine Brüder das Karussell schieben und ich freifahren. Bitte, lassen Sie uns doch durch, lieber Mann!«

Der also Angeredete lachte, zupfte Lotte an ihrem langen Haar und klopfte die Jungen auf die Backen. »Na, dann lauft man, ihr Galgenstricke, und lernt erst besser schwindeln. Ich bin viel zu gutmütig for so 'n Pack wie ihr!«

Die Kinder machten, daß sie vorwärts kamen.

»Grüßt Onkel und Tante Bullermann!« schrie ihnen der Beamte noch nach.

So waren sie nun im Lindenpark! Zuerst blieben sie ordentlich eingeschüchtert stehen. Vor ihnen wogte eine lachende und schnatternde Menschenmasse hin und her flutend auf und ab; dazu der Lärm der Militärkapellen, das Schießen und das Fallen der Würfel an den Buden, das klingelnde, trommelnde Geräusch des Bullermannschen Etablissements. – Man wußte nicht. wohin man zuerst die Blicke wenden sollte. Langsam gingen sie weiter, Hand in Hand, hier und dort verweilend. Aber der Leierkasten drang bohrend in Lottes Ohr und erweckte in ihr die Lust, endlich das zu erreichen, was ihr das Höchste schien und die Veranlassung ihrer Flucht in das Lokal gegeben hatte. Leise und sicher lenkte sie den Kurs der Jungen und führte sie in die Nahe des Karussells, das sich lustig drehte. Gerade als sie davor standen, war eine Pause eingetreten. Frau Bullermann, ein dickes, gewöhnlich aussehendes Weib, forderte mit lebhaften Rufen die Umstehenden auf, Platz zu nehmen und eine Fahrt mitzumachen. Sofort füllten sich die Schaukeln, Wagen, kühne Reiter bestiegen die Pferde und Elefanten. – Innerhalb der phantastischen Tiergestalten, der schwebenden Sitzgelegenheiten, stand der Gatte der fetten Frau neben einem ermatteten, vor Durst lechzenden Hunde, der an den großen Schwebebaum gespannt war, um den sich das Karussell drehte. Er mußte den Pfahl, mit beiden Händen dagegenstemmend, vor sich herschieben, damit der Hund nicht anhalten konnte. Auch der »reiche« Bullermann keuchte und wischte sich mit seinem roten Taschentuch prustend den Schweiß vom Gesichte. – Der Augenblick war selten günstig! Lotte verstand ihn auszunützen.

»'n Tag, Herr Bullermann,« schrie sie mit ihrer hellen Kinderstimme, »schönen Gruß von Ihrem Vetter, dem Maler Schwarz. Sie sollen doch meine Brüder schieben helfen lassen und mich frei mitfahren. Wollen Sie?«

Der Mann maß mißtrauisch die beiden Jungen, sie sahen gar zu fein aus. Aber ihre Arme und Beine waren muskulös, sein Gesicht erheiterte sich zusehends. »Na, wenn ihr durchaus wollt; mir kann's recht sein!« brummte er endlich. Ehe Fritz und Franz recht zur Besinnung kamen, hatte man ihnen die Hüte abgenommen und sie hinter den großen Querbaum gestellt. »Hier drückt ihr feste jejen und rennt mit. Et is nich' schwer!« sagte der Besitzer tröstend; dann hob er Lotte, die vor Wonne quietschte, auf ein gesatteltes Schwein. »Wenn ihr zehnmal die Toure mitjemacht habt, dann dürft ihr un det Mechen dreimal umsonsten mit 'rum und in de joldene Schaukel!«

Frau Bullermann hatte mißmutig den Personenwechsel im Inneren mit angesehen. Sie war aber schon fast heiser und ließ es geschehen, daß »er« sich auch mal ausruhte. Als alle Plätze besetzt waren, trat sie hinter den Leierkasten, drehte und befahl: »Los!«

Der Hund zog an. Die Jungen preßten und rasten mit herum. Der Schweiß floß in Strömen von ihren Stirnen; doch die »Geschichte machte Spaß!« Das Gejuchze und Gejauchze der Fahrenden, die Zurufe der Zuschauer drang bis zu ihnen; aus allem Jubel heraus vernahmen sie stets das trillernde selige Lachen des sogenannten Schwesterleins. So ging es eine Fahrt nach der andern. Zuletzt setzten die Knaben ihren Ehrgeiz ein, die zehn Touren zu machen, obgleich ihre Brustkästen bis zum Platzen geweitet waren und ihre Adern wie starke Bindfäden auf Stirn und Händen hervortraten.

Wenn Herr Major Haffner und seine Gemahlin, die hochwohlgeborene von Soundso, ihre Stammhalter in »dem« Zustande als Bullermannsche Karussellschieber gesehen hätten! Na, ich danke, Ohnmächten, ... Weinkrampfe, ... womöglich Schlaganfälle wären die natürlichen Folgen gewesen!

Jedoch sie sahen, ahnten es nicht und ... auch dieses neue Vergnügen fand ein Ende. Endlich waren die Jungen zehnmal herum. Da sie bis zum Tode erschöpft fast zu Boden fielen, hob Bullermann sie ohne Weiterungen in die »vergoldete« Schaukel, flößte ihnen etwas Fusel zwischen die widerstrebenden Lippen und wischte ihnen den Schweiß ab. Lotte setzte sich zu ihnen, und die Freifahrten waren der Lohn für die vorangegangene qualvolle Mühe.

Dann ruhten sie noch auf der Bank in der Nähe des Hauptorchesters aus, bis sie wieder einigermaßen zu Menschen wurden. Um halb sechs Uhr ging ein Mann mit einer großen Glocke durch das ganze Lokal und zeigte den Beginn der Vorstellung auf dem Sommertheater an. Auch diese, obgleich nicht sonderlich geeignet für junge Ohren, wurde von den Kindern »genassauert«; aber ihre Lust an dem Leben und Treiben um sie herum war vorbei. Sie fühlten Hunger und Durst und eine bleierne Müdigkeit. Müde hatten sie sich nebeneinander auf zwei Stühlen in eine Ecke des durch Stricke abgeteilten Zuschauerraumes gesetzt. Während auf der Bühne buntbefrackte Sänger und ziemlich freche Chansonetten ihre Lieder herunterjohlten, schlief Lotte ein und ließ den Kopf auf Fränzchens Schultern sinken, der sich nicht rührte. Sowohl er, als auch sein Bruder hielten noch mit Gewalt die Augen auf; sie starrten abgespannt zu den Vortragenden hin und lauschten den Gesängen, ohne ihren Inhalt zu verstehen.

Nicht weit von ihnen saß eine lebhafte Gesellschaft Kleinbürger bei Bier und mitgebrachten »Stullen« um eine Anzahl zusammengeschobener Tische. Der eine der vorher so gesprächigen »Herren« war auf einmal still geworden, er blickte fortwährend nach den Kindern herüber. Sie kamen ihm so sehr bekannt vor; endlich erhob er sich.

»Wo willst du denn hin?« fragte ihn seine Frau.

»Weißte, Lise, ich kann mir nich' helfen; aber die Jungen da kenne ich. Ich wette, es sind die von Hauptmann Haffner. Als ich bei ihm Bursche war, waren die Bengel erst vier und drei Jahre alt; aber sie sahen ak'rat so aus. Ich frage sie mal, ob oder nich'.« Er trat an die Kinder heran und packte sie bei den Schultern, so daß sie erschreckt zusammenfuhren: »He, du, heißt du Fritz?« – dieser nickte »und du Franz? ... Ja, na, dann seid ihr Hauptmann Haffner'n seine beiden?«

»Papa ist jetzt Major!« entgegnete Fritz; aber der Einwurf wurde nicht gehört. Der brave Spießbürger schüttelte sie ordentlich vor Freude: »Kennt ihr mich nich' mehr, Jungen? Ich bin ja Vatern sein Heinz, der Bursche, wißt ihr nich'? Ich war doch drei Jahre bei euch, ihr Herzensschlingel, ihr! Banditen!«

Das Wiedersehen wurde gefeiert, Lotte vorgestellt, nachdem sie sich ein wenig ermuntert hatte. Dann brachte man die drei »Ausreißer« an den andern Tisch, wo sie vor allem gespeist und getränkt wurden. Die »vornehmen Jöhren« erregten förmliche Sensation. Ganz gegen ihren Willen wurden sie, besonders Lotte, von allen Mitgliedern der Gesellschaft abgeknutscht. Inzwischen ging Heinz Schulze ins Nachbarhaus, wo er sein Fuhrwerk eingestellt hatte, und spannte an, um »seine Jungen und das Mächen« nach Hause zu fahren. Er hatte ein kleines Bauerngut und trieb einen einträglichen Milchhandel nach Berlin, wohin er tags über zweimal »hineinmachte«.

Der Regierungsrat und sein Vetter, der Doktor, sowie einige andre Herren standen in der Dämmerung rauchend auf dem Balkon. Plötzlich beugte sich der Rat vor, warf seine Asche auf die Straße und sagte lachend: »Wenn ich den Racker nicht zu Hause im Bett wüßte, würde ich sagen, daß unsre Lotte da eben in dem Milchwagen vorbeigefahren ist. So kann man wirklich durch optische Täuschungen oft zu falschen Behauptungen kommen und sich Dinge einreden, man weiß nicht wie!«

»O nein!« lachte der Arzt, »nur so ein verliebter Vater wie du, lieber Leo. Mit solcher Vaterliebe im Leibe, siehst Lotten ›du in jedem Weibe‹.«

»Donnerwetter, der Mensch mißbrauche die Citate nicht und begehre sie nimmer anzuwenden!« fiel ein andrer lächelnd ein.

Als Bachs abends spät heimkehrten, schlief Lotte mit unschuldigstem Gesichtchen, den besten Alibibeweis darstellend. Da sie und die Jungen reinen Mund hielten, kam dieser Ausflug nach dem Lindenpark erst nach Jahren ans Tageslicht. Da war Ermahnung und Strafe aber verfehlt und unterblieb. So blieb denn auch ihnen nur eine freundliche Erinnerung daran zurück.

Sechstes Kapitel

Kunst und Gunst

Lotte schwamm in Wonne. Bei ihnen wurden die Vorderzimmer von Maurern, Malern und Tapezierern in Ordnung gebracht, da gab es soviel Unordnung und Schweinerei in der Wohnung. »Es war einfach entzückend!« Schon, daß man eng zusammengequetscht in dem Zimmer der Schwestern speisen mußte, hielt sie für eine herrliche Abwechslung. Ihr Interesse für Farben und Stuccaturarbeiten wuchs in wenigen Tagen derart, daß ihr beglückter Vater erklärte: »Das Mädel hat Sinn für Schönes, so was muß man fördern!«' So brachte er ihr denn richtig am nächsten Tage einen großen Kasten mit Tuschfarben und Pinseln mit. »Aber nicht wieder Tiere quälen, Lotte, das bitte ich mir aus. Sieh mal, Kind, mit diesen Dingen muß man einfache Sachen verschönern. Zum Beispiel hier sind Bogen, auf denen sind uns die Abenteuer des Odysseus aufgezeichnet. Nun muß man ausprobieren, welche Farben am besten zu einander passen und die schönsten Wirkungen geben; die trägt man dann mit den Pinseln sauber und nicht zu dick auf die Gewänder, Bäume, Kähne und so weiter auf. Verstehst du, wie ich das meine? Ja, gut! Ich werde eins der Bilder antuschen, und du versuchst es dann bei den andern!«

Die pfiffige kleine Person führte aber ihre Probearbeiten mit so viel Geschmack aus, daß ihr Vater ihre ersten Bilder sofort triumphierend jedem Bekannten zeigte. Er nahm Lotte auch verschiedenemal in die Nationalgalerie mit und weckte und förderte ihr Kunstverständnis durch vernünftige Erklärungen. – Sobald eine ihrer Schwestern nach Verlauf einiger Wochen irgend ein illustriertes Buch aus dem Bücherschrank nahm, gab es Aerger und Schelte. Fast jede Illustration war von Lotte übermalt und durchaus nicht immer sehr sauber. Dann hieß es aber stets: »Daran ist nur Papa schuld, solch' Kind versteht das noch nicht!« – Die Schwestern mußten ihren Grimm verschlucken, und die Jüngste ging frei aus.

Die Renovierung des ganzen Hauses innen und außen hatte auch eine solche des Gartens zur Folge. Beete und Wege wurden in Ordnung gebracht und die Lauben gestrichen, nur der Spielplatz blieb von dem allgemeinen Reinigungstaumel verschont. Da Herr Marker ein Mann von Bildung war, erstand er bei herumziehenden Italienerjungen eine Reihe von größeren Gipsstatuen. Die schönsten und größten, Hebe, Fortuna, Viktoria und Pallas Athene, wurden auf Sockeln in den Beeten verteilt und »machten sich famos«. Die Jungen und Lotte waren ordentlich stolz auf die neuen Zierden ihres ureigensten Gebietes. Sie rannten mit Kühne Wette, um die Göttinnen abendlich unter Dach und Fach zu bringen. Sobald der Himmel sich dunkel bewölkte und die ersten Tropfen fielen, öffnete sich bei Markers das Küchenfenster und der ehrsame »alte Kaffer«, wie ihn seine jüngsten Mieter respektwidrig nannten, rief mit Stentorstimme: »Kühne, Kühne!... Lotte!,.. Jungens!... Kinder, tragt Heben und die andern Griechen in die Kabuse! Es wird gleich losgießen!«

Sie fanden dabei auch absolut nichts lächerlich, sondern gehorchten in diesem Falle ausnahmsweise aufs Wort. Tief im Hochsommer hatte nun der biedere Hauswirt seinen Geburtstag, der immer ein Fest für unser Quartett war. Frau Regierungsrat buk eigens dazu einen riesigen Cremor-Tartari-Kuchen, Haffners sandten eine Torte und Helms einen Blumentopf durch die Kinder zu Markers hinab. Dieser wiederum vergalt die alljährliche Spende mit »feiner Aufnahme«. Es gab stets Himbeerwasserbowle und Theekuchen, wobei pro Besuch zwei Stücke berechnet waren. In einer sentimentalen Anwandlung hatte sich Lotte zu einem dieser Festtage einst das Gedicht: »Gott grüß Euch, Alter, schmeckt das Pfeifchen« einstudiert und damit von Marker, der es für eine rührende Anspielung auf seine Erlebnisse hielt, reichen Dank geerntet. – Auch diesmal zerbrach sie sich schon wochenlang vorher mit den Jungen den Kopf, wie sie den herannahenden Tag noch besonders feiern könnten. Fritz und Franz beschlossen, ihm ein Liedchen ganz früh am Morgen zu blasen, Mäxchen sollte dazu trommeln und Lotte auf einem alten Gewehr des Majors einige Zündhütchen abknallen.

Alles, was knallte, war ihr aber höchlichst unangenehm, darum übernahm sie die Trommelei. »Ich kann mir überhaupt nicht helfen,« sagte sie, »aber es ist nicht genug! Diesmal müssen wir was Besonderes thun. Wir haben ihm Pussy totgemalt, du ... Donnerwetter, ich hab's. Wozu habe ich denn den Tuschkasten? Natürlich ihr kommt nicht auf so was, ihr seid wirklich belämmert! Wir malen ihm die Griechen an; aber recht schön, dann wird er sich doch freuen!«

»Das ist wirklich 'ne famose Idee, Lotte!« meinte Franz. Mäxchen sagte, den Himmel sinnend betrachtend: »Wenn es doch bloß pladderte, daß wir die ollen Dinger von den Sockeln 'runternehmen und in der Laube malen könnten. So langen wir doch nich' 'ran!«

»Marker ist mit seiner Frau nach den ›Zelten‹ gegangen, zum Kegelklub! Wir können es auch so riskieren!« rief Lotte. »Sonst trocknet die Geschichte auch nicht mehr!«

Sie stürzte fort, den Kasten zu holen, und kam nach wenigen Minuten mit ihm wieder zum Vorschein. Die vier Göttinnen standen schon auf den Bänken in der Laube aufgepflanzt. »So,« befahl Lotte glühend vor Eifer, »jetzt bekommen sie alle schwarze Haare, blaue Augen und rote Lippen. Die Kronen, ich meine die Diademe, kriegen zwei aus Gold, zwei aus Silber!« Mit hastiger, leidenschaftlicher Aufgeregtheit bearbeitete jedes Kind eine der Figuren. Da sie damit gleichzeitig eine Art Wettkampf um die Meisterschaft verknüpften, gab sich jedes die größte Mühe. Kein Wort wurde gewechselt. Die Arbeit schritt vor, und schon nach einer Stunde waren die Köpfe fertig und sahen nicht übel aus. Mit weiser Vorsorge erwog die Besitzerin des Tuschkastens nun, daß ihre Farben nicht für die ganze Gewandung der Göttinnen reichen würden. Darum bemalten sie nur die Ränder und die Gürtel mit recht grellen Streifen und vergoldeten noch die symbolischen Abzeichen einer jeden. Die bunten Gipsgestalten nahmen sich gar nicht schlecht aus. Mit unsäglichem Stolze trommelten die Kinder die Dienstboten des ganzen Hauses zusammen. Alle kamen in den Garten und bewunderten die Kunstwerke. Schließlich mußten selbst die Eltern hinabsteigen und beäugen. Der Major, Herr Helm und der Rat lachten über die modernisierte Klassik nicht wenig; aber sie verhehlten doch eine gewisse Besorgtheit nicht, daß Markers über diese Ueberraschung ärgerlich sein könnten. – Nachdem noch das Ständchen genau geprobt und verabredet war, trennten sich die vier Kinder, ungeduldig den nächsten Morgen ersehnend.

Sie schliefen wohl längst den Schlaf der Gerechten, als sich ein starkes Gewitter zusammenballte und über Berlin niederging. Kühne schloß um zehn Uhr gerade das Haus ab, als der Regen herabströmte. Er torkelte nach dem Hofe und starrte in den Garten, über dem blaue Blitze zuckten. Seine umnebelte Gedankenwelt lichtete sich, als die kalte Wassermasse auf ihn heruntergoß. »Sünd ooch dü Jriechen drün?« fragte er sich dumpf, denn es war ihm so, als hätte er sie heute nicht von den Postamenten gehoben. Langsam schwankte er in das Dunkel hinein nach der Laube. Da fiel ihm ein, daß die »Bälger« ja heute die Puppen bemalt hätten und er nun endlich die erwünschte Gelegenheit habe, Rache an ihnen zu nehmen. Mit Vorsicht tappte er sich bis zu den Werkzeugen seiner Niedertracht durch. In der kurzen Helle, welche die Blitze verbreiteten, trug er sie in den Regen hinaus auf ihre Plätze und zog sich triumphierend und triefend in seinen Keller zurück. Sein Höllenwerk war trotzdem von Helms Bertha, die am offenen Fenster liebessehnsuchtelte, beobachtet worden. »Na warte, du Halunke, du Trunkenbold, das streich' ich dir an, damit willste bloß die Kinder reinfallen lassen!« flüsterte sie vor sich hin. Die vier Rüpel standen bei ihr in höchster Gunst.

Markers Geburtstag brach sonnenglänzend an. In höchster Gala erschienen Lotte und die Jungen und schreckten den Rentier mit ihrem Ständchen und dem Geknall aus dem Morgenschlummer. Er erhob sich äußerst geschmeichelt und erschien im Schlafrock mitten unter ihnen.

Lotte geriet bei seinem Kommen in solche Begeisterung, daß sie kurz Ordre gab: »Wir singen ›Heil dir im Siegerkranz‹!« Drei Verse wurden glühend abgesungen.

Der also Gefeierte kam sich wirklich neben den Knirpsen wie ein Fürst auf dem Thron inmitten treuer Vasallen vor. In einer für ihn königlichen Aufwallung befahl er Lina, schnell jedem für bare zehn Pfennig Pflaumenkuchen zu holen. Das Mädchen wollte ihren Ohren nicht trauen, um aber die »Spendierhosenstimmung« für ihre Günstlinge zu benutzen, raste sie zum Bäcker und erwischte noch vier Stücke, die noch vom Abend vorher übrig waren.

Die Geschenke wurden überreicht, die Gratulationen der Eltern übermittelt, die Aufwartung verzehrt.

»Nun kommt ja erst die Hauptüberraschung,« sagte Lotte strahlend, »Sie müssen mit uns in den Garten kommen!«

Huldvollst geruhte das Geburtstagskind mitzugehen. Er mußte am Eingang die Augen schließen und versprach, sie nicht zu öffnen, ehe Fritz: »Jetzt« schreien würde.

Alle Dienstmädchen waren an den Fenstern. Helms Bertha ging merkwürdigerweise in weißer Schürze am Eingang ebenfalls auf und ab. Auch sie knixte und gratulierte dem in Wonne schwimmenden Hausherrn.

Er ließ sich von Lotte und Fritz führen, öffnete aber entsetzt die zugekniffenen Augen, als ein vierstimmiger Schreckensschrei an sein Ohr drang. Starr blickte auch er auf seinen Stolz, die sich sonst so »edel« aus dem Grün erhebenden »Griechen«. Da standen sie: aber wie sahen sie aus! Das Rot, Schwarz, Blau, Gold und Grün war ineinander geflossen, vom Regen verwaschen und in die Poren des Gipses eingedrungen. »Die schönen Puppen sind futsch!« kreischte er verzweifelt.

Es gab Geheul, Schelte, Wutausbrüche, als das brave Dienstmädchen mit der Wahrheit an den Tag kam. Die Eltern der Vier versprachen, neue Göttinnen zu stiften, und so entlud sich denn Markers berechtigter Zorn nur auf Kühne. Der stand wieder »im Thran« teilnahmlos da.

»Danken Sie es Ihrer wackeren Frau und den kleinen Kindern, wenn ich Sie überhaupt behalte. Sie niederträchtiger Trunkenbold!« donnerte ihn der Wirt an und ließ die Sonne seines Wohlgefallens wieder über den noch immer weinenden Kleinen strahlen. Sie waren bitter enttäuscht über die mißlungene Ueberraschung.

Man munkelte im ganzen Hause verstohlen, daß Frau Kühne, eine wirkliche Musterfrau, ihren Gatten manchmal mit »Handwachteln« traktiere, wenn er's gar zu toll treibe.

Lotte heckte mit ihren Konsorten einen teuflischen Plan aus, wie sie dem »schlechten Kerl« zu solch einem ehelichen Zärtlichkeitsbeweis verhelfen könnten. Eines Nachmittags hatte die Portiersfrau ihren Gatten auf einen Stuhl vors Haus gesetzt, den Kinderwagen neben ihn postiert und ihm den Auftrag gegeben, auf seinen schlafenden Jüngsten aufzupassen.

Lotte bemerkte dies und kam auf einen genialen Einfall, als sie Kühne nach einer Viertelstunde schnarchen hörte. Die Verschworenen schlichen hinzu, hoben das schlummernde Kühnekind sorglich aus den Kissen des Wagens und trugen es ins Kellergeschoß, wo sie es vorsichtig auf das Lager seiner älteren Schwester betteten. – Dann schleppten sie aus der Kabuse die vermalte, verregnete Hebe heraus und legten sie in das winzige Korbgefährt.

Vom Haffnerschen Balkon aus beobachtete unser Quartett, was nun kommen würde. Nach einer Stunde kam die Kühne von ihrer Wäscheablieferung zurück, verschwand in ihrer Wohnung und kehrte mit einer Flasche Milch wieder. Sie trat zum Wagen, lüftete die Vorhänge, beugte sich zärtlich hinunter und – prallte zurück. Glühend rot vor Wut drehte sich die cholerische Frau um und versetzte eins, zwei, drei dem noch immer schlafenden Gatten zwei feste Maulschellen. Dieser fuhr empor und überlegte, was er denn nun wieder verbrochen.

»Frau Kühne« – rief Fritz jetzt von oben herab – »ängstigen Sie sich nicht. Ihr Paule liegt auf Marthas Bett. Wir haben's gethan, um uns für Herrn Markers Geburtstag neulich zu rächen. Nun können Sie sehen, wie er aufpaßt!«

»Freche Jöhren, wenn ich euch doch auch mal verwichsen könnte!« murmelte die Kühne vor sich hin. Sie war aber still, trug den Wagen in ihre Behausung und holte sich dann ihren Mann nach. Unten wird er wohl nicht gerade mit Zärtlichkeiten überhäuft worden sein, denn man hörte die rüstige Wäscherin noch lange toben und jammern. Der Kampf zwischen dem Hauswart und den Kindern rückte nun in ein neues Stadium. Sie waren fortan für einander Luft; keine Partei kümmerte sich mehr um die andre.

Schräg über die Straße lag ein winziger Laden, in dem ein Inhaber nach dem andern verkrachte. Jeder Erwerbszweig des Geschäftslebens war daselbst schon probiert und fallen gelassen worden. Seit einem Jahre behauptete sich dort eine »uralte Jungfrau«; unsre Vier, ihre Hauptkunden, schätzten sie auf mindestens fünfundvierzig Lenze. Sie betrieb einen Handel mit Papier, Federn, Abziehbildern und andern für die Schule notwendigen Dingen. – Sei es nun, daß die »alte Giftmorchel«, wie Lotte sie nannte, zu mürrisch war, zu wenig Auswahl hatte oder wirklich schlechte Ware kaufte, kurz, am Ende des Jahres mußte auch Fräulein Lobbes ein rotes Schild ans Schaufenster kleben. Auf diesem stand: »Ausverkauf«. Gretchen

Thronick, Lotte Bach und die ganze Klasse kamen nun täglich, irgend einen Gegenstand zu verlangen, der bereits nicht mehr vorhanden war.

Seit nun Max Helm in seinem jüngst gekauften Gummi Löcher und Maden entdeckte, seit Franz dünne, an Stelle der gewünschten englischen Löschblätter erhalten hatte, verschworen sich auch die drei Jungen gegen die unglückliche Lobbes. – So kam bald Fritz, bald Franz und forderten unglaubliche Dinge, wie ein Pfund »Borsdorfer Aepfel mit Wärzchen« oder »entkernte Pflaumen«. Die Lobbes ließ sich zum Schutze ihren großen fünfzehnjährigen Neffen kommen. Sobald nun eines der Kinder hereintrat, rief sie: »Adolf, sei so gut und komm her!« Der handfeste Bursche erschien dann mit drohender Miene. –

Da galt es denn für die Verschworenen, die Taktik zu ändern. Sie mußten ernstere Dinge heraussuchen. Da standen sie denn mit Greten und Lotten minutenlang kichernd und nachdenklich vor den Stufen, die hinaufführten, und überlegten Büchertitel. Dann ging eins von ihnen, blaurot vor verhaltenem Gelächter, hinein und verlangte das Buch: *»Le soldat mort ou la pomme de terre«* oder den Schmöker: »Mazeppa oder die erdolchte Kosakin«. Selbstverständlich fiel die arme Ladenbesitzerin die ersten beiden Male auf die Dummheit hinein. Sie durchkramte ihren ganzen Büchervorrat, ohne diese Werke der Litteratur zu finden. Dann kam sie hinter diese Schliche und zeterte fürchterlich.

In den nächsten Tagen beruhigte man sie durch ernste Heftkäufe und begann dann von neuem. Wenn es halb zwei Uhr wurde, fühlte die Lobbes ein nervöses Zittern. Sie wußte, ihre Peiniger nahten. So sann sie auch auf Bestrafung; denn auch der getretene Wurm krümmt sich.

Der Straßendamm wurde aufgerissen. Hohe Sandhügel erhoben sich zu beiden Seiten der Trottoirs. Man wollte neue Röhren legen und dann asphaltieren. Nun hielten sich unsre Rangen erst recht auf der Straße auf, um nur ja keinen der Vorgänge zu übersehen. Sie quälten dann die Lobbes, so oft diese sich in der Ladenthür zeigte. »Haben Sie jetzt schon Hefte mit blauem Deckel?« fragten sie sogleich.

»Für eure lumpigen Groschen schaffe ich nichts mehr an, das wißt ihr doch!« brummte sie dann. »Wir brauchen sie aber!« trumpfte Fritz.

»Geht wo anders hin, dumme Jöhren! Ich verkaufe aus!«

»Dann nicht, meine Schönste, dann haben wir gescherzt!« hieß es oder: »Lobbesen, Sie werden noch Hoflieferant!«

Ein anderes Mal fragte Lotte sie ganz ernst: »Ach, entschuldigen Sie, Fräuleinchen, Sie haben doch sicher noch den alten Fritz gekannt, wie sah der eigentlich aus?«

So quälte man das arme Wurm mit der ganzen Grausamkeit einer noch verständnislosen Jugend. Jeder Krug geht so lange zum Brunnen, bis er bricht. Die Geduld der geplagten Lobbes war zu Ende. Sie beschloß jetzt, den fünf Bälgern ihre Frechheiten einzutränken. – Wie die Spinne im Netz auf die Fliege lauert, hockte sie hinter der Ladenthür und wartete auf ihre einzigen, aber ach, so schändlichen Kunden.

Und sie kamen!

An einem Sonntag früh – die Sandhügel lagen noch, aber die Arbeiter fehlten heute – kamen sie: die drei Jungen und Lotte, sowie Gretchen Thronick in einem hochroten Kattunkleid. Kichernd hielten sie wieder vor der Treppe Rat. Dann eilten sie, die Mädel voran, die eisernen Stufen hinauf. Noch waren sie nicht ganz oben, da riß die wütende alte Jungfer zornglühend die Thür auf und erschien mit einem weißen Porzellangefäß. Es war von der Art, die man sonst nur unter Betten und in verschwiegenen Nachttischen bewahrt.

»Infame Tierquäler!« kreischte sie und goß eine nicht gerade wohlriechende, gelbe Flüssigkeit über die schreienden Kinder aus. Diese machten wie wahnsinnig kehrt und stürzten brüllend davon über die Sandhaufen bis auf die andre Straßenseite. Der Laden wurde geschlossen, und die Rolljalousie rasselte laut herab. – Die fünf begossenen Kinder blieben atemlos stehen.

»So ein Schwein!« keuchte Fritz. Wißt ihr, was das war?«

»Ja, pfui Deibel, äx!« erwiderte Lotte, sich schüttelnd. »Ich habe die ganze Schute« (eine Hutform) »voll!« Sie senkte beständig nickend den Kopf.

»Mein rotes Kleid, das neue Kleid, o weh, seht doch, das gibt sicherlich Flecke. Na, aber die Schelte!«

Die Mädchen waren besonders angefeuchtet, weil sie die ersten gewesen waren. Sie eilten zur Pumpe und wuschen sich mit naß gemachten Taschentüchern wenigstens den Geruch ab. Dann wanderten sie schweigsam in der Sonne auf und ab, um zu trocknen. Erst als sie sahen, daß wirklich gelbe Flecke auf dem roten Kleid Gretes und dem dunkelblauen Hute Lottes zurückblieben, fügten sie sich ins Unvermeidliche. Dann kam ihnen auch das Lustige der Situation zum Bewußtsein und sie quiekten vor Vergnügen über dies »ferklige Sprengmittel«. Der Rat lachte aber diesmal nicht mit, er war entrüstet und schäumte über diese schmutzige Person mit ihrem ekelerregenden Thun. Er erschien bei Jungfer Lobbes im Laden und erklärte ihr, sie der Polizei übergeben zu wollen. Nachdem man einige Minuten lang einen erbitterten Wortkampf vernommen, wurde es plötzlich still. Die vier Rangen lauschten betroffen vor dem Geschäft. Nach einer Weile trat der sonst so gütige Mann sehr ernst heraus. Er ging mit den Jungen und Lotte ruhig in eine der Lauben des Gartens. Dort setzten sie sich alle nieder.

»Ihr treibt es aber zu arg!« sagte er beinahe traurig. »Ihr wißt, daß ich gewiß über unartige Streiche nicht allzu böse bin. Berliner Kinder seid ihr nun mal, und die dürfen schon Rangen sein und dumme Streiche machen! Das tobt sich aus! Jedoch echte Berliner Rangen machen wohl dumme, aber nie schlechte Streiche! Das habt ihr aber gethan und leider schon zum zweitenmal! Arme Tiere quälen und eine einsame alte Jungfer kränken, ist eine Schlechtigkeit, bei der mir das Lachen vergeht! Ihr habt mich damit tief betrübt und müßt euch sehr zusammennehmen, um mein Vertrauen wieder zu erlangen! Geht, geht, ihr seid noch keine wahren Berliner!«

Diese Worte wirkten mehr, als alle Schläge es vermocht hätten. Tief beschämt saßen die Vier da, die Köpfe gesenkt und leise ihren Thränen freien Lauf lassend. Als sich nun der Regierungsrat erhob, stürzte Lotte mit einem Jammergeheul auf ihn zu: »Papa, Papa, verzeih', wir wollen ja auch alle von jetzt an echte Berliner Rangen

werden, sei nur wieder gut!« Er wurde nun von allen Vieren ge-
küßt, mit Thränen betaut und empfing so viel ernste Versprechen,
daß er Generalpardon erteilte. Er wußte bestimmt, daß Fritz, Franz,
Mäxchen und seine Lotte nichts Schlechtes mehr mit Absicht thun
würden.

Siebentes Kapitel

Der elfte Geburtstag und die erste Erklärung

»Guten Morgen, Frau Pietsch, ich habe Dienstag Geburtstag, fein, was? Massig viel Sachen habe ich mir gewünscht, kriege auch alles! Aber ich habe auch gern, wenn mir fremde Leute gratulieren, und wenn's auf einer Postkarte ist. Gratulieren Sie auch den Kindern von Ihren Kunden?«

»Na, es kommt ganz darauf an, ob die artig sind, und ob ich sie gern habe,« versetzte lachend die freundliche Schlächterin, die sich sonst immer mit Bachs Jüngster 'rumzankte. »Wie alt wirst du denn nu?«

»Ich? Elfe!«

»Na, hoffentlich wirst du nun verständiger und verwichst mir nich' mehr meinen kleinen schwachen Ludwig, wie neulich früh.«

»Na, das thue ich wahrhaftig nicht mehr, Frau Pietsch; aber vorläufig kann ich noch 'ne Range bleiben, hat Papa gesagt, bis ich 'n Bräutigam habe!« »Nanu, Lotte, wann willst du dir denn den anschaffen?«

»Kommt drauf an, doch vor Sechzehn keinesfalls!« versicherte die Kleine treuherzig.

»Dann weißt du wohl auch schon wen?«

»Nee,« Lotte wollte sich halbtot lachen. »Haben Sie mich eigentlich gern, Frau Pietsch?«

»Ja, ja, Mauseken, ich gratulier' dir, hab' man keine Angst!«

So eilte Lotte von einem guten Bekannten zum andern und verkündete. Die halbe Schule erfuhr es, das Lehrerkollegium, die Hausbewohner; sie alle sahen dem großen Tag gespannt entgegen.

»Höre, Kind, du darfst dir zum Dienstag deine besten Freundinnen einladen. Sie sollen von vier bis halb acht Uhr unsre Gäste sein. Aber erzähle nicht überall, daß du Geburtstag hast, mir liegt gar nichts an so und so viel Bonbonnieren und den verschiedensten Rundreisegeschenken!«

Doch ihr Töchterlein war andrer Ansicht. Sie dachte: »Je mehr Süßigkeiten, je besser!«

»Lotte ist das richtige Mädchen, um sich einmal im Leben durchzusetzen,« sagte der Rat am Dienstag Morgen lachend zu seiner Gattin. »Die halbe Straße hat dem Mädel ja gratuliert.«

»Und das ganze Haus dazu.«

Die Heldin des Tages war in der Schule und spielte sich dort groß auf. Man hatte ein Hoch auf Wunsch des Lehrers auf sie ausgebracht, und in der Pause drängten sich die Kinder um sie herum. – Eine brachte ihr ein kleines Zwanzigpfennigstück und sagte: »Hier, Lotte, meine Mutter sagt, daß du dir selbst ein paar Oblaten kaufen sollst. Sie wüßte nicht, was sie dir kaufen sollte!«

»Ach,« stöhnte Lotte begeistert, »da kriege ich beim Kaufmann ja acht viereckige Stücke Schokolade dafür. Famose Idee von deiner Mama! Oder auch Abfallbonbons, 'ne große Düte voll!«

Noch kurz vor Anfang der Stunde rannte sie noch einmal zu der Spenderin des Geldschatzes. »Weißt du, das Allerpraktischste wäre ja, wenn ich mir für 'n Sechser Abfallbonbons, für 'n Sechser Naute, für 'n Sechser Blockzucker und für den letzten Schokolade kaufte. Ja, das thue ich bestimmt!«

Sie hielt während des Unterrichts das winzige Geldstück krampfhaft fest und kostete schon im voraus die Genüsse, die es ihr verschaffen würde. Endlich war die Schule aus. Sie jagte heim und geriet in einen Verwandtenstrudel, der sie völlig benahm. Es regnete Küsse und Geschenke. Lotte war furchtbar aufgeregt. Die Mutter nahm sie beiseite und fragte sie: »Wieviel Mädel werden denn eigentlich kommen?«

»Weiß nicht, Mutta, es wußten noch nicht alle, ob sie durften.« »Na, ungefähr wirst du es doch wissen!«

»Nee, Muttachen, ich habe keine Ahnung; aber laß man viel Kuchen holen, es werden 'ne ganze Masse werden.«

Frau Rätin seufzte leise: »Ich wollte, es wäre Abend und der Radau vorüber!«

»Schicke sie doch in den Garten!« riet eine Nichte, die bei solchen Gelegenheiten der Tante stets zur Seite war. »Wir geben ihnen erst die Schokolade, schicken sie hinunter und schneiden inzwischen die Brötchen und belegen sie. Onkel braut mittlerweile aus Selters und Himbeersaft die berauschende Bowle,« tröstete die Nichte.

Das Mittagbrot war vorüber. Ella und Kläre kamen mit riesigen Kuchentüten vom Bäcker zurück und deckten den Tisch für die Gäste. Punkt vier Uhr klingelten die ersten fünfzehn, und so ging es weiter, immer truppweise, die Zimmer füllten sich mit hellgekleideten blühenden Geschöpfchen.

»Um des Himmels willen, Mütterchen, ich zähle schon über dreißig, wir haben ja nicht genug Tassen!« sagte die älteste Tochter verzweifelt.

»Lotte!« rief die Rätin scharf.

»Ja, Mama.«

»Ich wünsche zu wissen, wieviel ungefähr kommen werden!«

»Ich habe die ganze Klasse gebeten,« entgegnete Lotte, halb kleinlaut, halb keck. »Wieviel seid ihr?« ächzte die Mutter.

»Zweiundfünfzig!«

»Du solltest doch aber nur deine besten Freundinnen einladen!«

»Das sind sie alle!« versicherte die Kleine.

»Sorg' dich nur nicht, Mütterchen, es gehen viele geduldige Schafe in einen Stall,« scherzte Ella. »Wir werden die Geschichte militärisch regeln. Paß mal auf, ich lasse sie jetzt in Bataillonen antreten, thue, als wenn es Scherz sei, und meine es blutig ernst.«

Und es ging; die Idee war genial. Es amüsierte die Kinder, daß sie so marschieren, sich hinsetzen und aufstehen mußten nach Kommandos, die mit scharfem militärischem Tone hervorgeschnarrt wurden. Dreimal rannte Auguste zum Bäcker, um noch mehr »Schnecken« und »Mushörnchen« herbeizuschaffen. Es war gerade, als ob sich ein Heuschreckenschwarm über der Bachschen Wohnung niedergelassen hätte: denn alle Schüsseln wurden ratzekahl abgegessen.

Endlich ergoß sich der Strom zukünftiger Schönheiten in den Garten. Lottes sonst so lustige Spielkameraden Fritz, Franz und Mäxchen fühlten sich unter der erdrückenden Ueberzahl des weiblichen Geschlechtes sehr verlegen. Sie benahmen sich äußerst schüchtern und linkisch, hockten fortwährend zusammen, so daß Lotte ordentlich ärgerlich wurde. Sie trat einmal zu ihnen und flüsterte scharf: »Was habt ihr denn, olle Dösköppe, könnt ihr nicht bis drei zählen, was? Seid doch sonst nicht so stille, was?«

»Wenn doch bloß erst all die ekelhaften Weiber weg wären,« stöhnte Fritz, »die schnattern einen ja tot!« Die beiden andern sagten gar nichts.

Der Rat kam aus dem Bureau nach Hause und suchte seine Damen. Eine unheimliche Stille brütete über der Vorderwohnung. Erstaunt durchwanderte er die Zimmer und gelangte durch den Korridor in die Küche. »Herrjehmine!« stieß er verwundert hervor und blieb in der Thür stehen. »Was ist denn los? Haben wir denn ein Regiment aufzunehmen?« Da standen seine Frau, seine beiden Töchter, zwei Nichten und Auguste mit aufgekrempelten Aermeln und schmierten und belegten Brotschnitten. Schon häuften sich die appetitlich hergerichteten »Stullchen« auf den riesigen Tabletten.

»Ich bitte um Erhöhung des Wirtschaftsgeldes, teuerster Gatte, deine hoffnungsvolle Jüngste hat sich die ganze Klasse eingeladen und achtundvierzig sind glücklich gekommen. Sie versicherte mir, daß alle ihre besten Freundinnen wären, diese Jesuitin!«

Herr Bach lachte.

»Du hast gut lachen, Onkelchen; aber du wirst ein andres Gesicht aussetzen, wenn du den heutigen Aufschnitt bezahlen mußt. Ich habe mir nie gedacht, daß Großstadtkinder einen solchen Appetit hätten!«

»Papa, bitte, mach' doch das Getränk fertig, ich habe die beiden großen Bowlen vom Buffett herunter geholt. Auguste wird gleich Selters bestellen.«

»Nein, liebe Tochter, das wollen wir nur lassen. Es braust zu schnell ab. Ich gieße in jede Bowle eine Flasche von Mutters Apfelwein und schütte ein Pfund Zucker drauf, der Rest wird Wasser. Dann haben wir ein erfrischendes Getränk!«

»Du bist ein genialer Mann, Onkelchen!«

Der gütige Rat braute sein Gebräu und begab sich ans Hinterfenster, von dem aus er am besten den Garten übersehen konnte. Unten tobte der Schwarm wild durcheinander. Jubelndes Gelächter, jauchzendes Geschrei drang zu ihm empor. »Glückliche Jugend!« murmelte er vor sich hin. Auf einmal wurde es stiller, dann hörte er eine kurze Ansprache und: »Hoch, Lotte, hoch, hoch, hoch!« erscholl es.

Der Vater stimmte im Herzen in dieses Lebehoch ein. Seine Gattin kam auf einen Augenblick zu ihm. »Wenn doch,« sagte er, »die Eltern stets daran dächten, daß die freudigste Rückerinnerung eine schöne Kinderzeit ist. Da scheltet ihr immer, daß ich unserm Wildfang die Zügel zu locker lasse, laßt mich nur, sie wird schon werden! Diese Rangenstreiche sind ein Zeichen ihrer Gesundheit, ihres leichtherzigen Temperaments, sie müssen durchgemacht werden. Es sind seelische Kinderkrankheiten, sobald sie in früher Jugend auftreten, sind sie leicht, – später bedenklicher. Ein Kind muß austoben. Mir imponieren Musterexemplare nicht, sind Treibhauspflanzen! Die größte Weisheit in der Erziehung ist, spielend, unbewußt zu lenken. Nicht ewig ermahnen und alle Unarten sehen; man kann ruhig einmal fünf grade sein lassen! Doch nun gehe ich 'runter, mitspielen!«

Die Abendspeisung der Kleinen vollzog sich wieder nach militärischem Comment, dann wurden die meisten abgeholt oder wanderten allein fort. Sie alle bedankten sich vergnügt bei Lottes Vater für den reizenden Nachmittag und küßten das Geburtstagskind zärtlich beim Abschied. Von allen blieben nur Gretchen Thronis und die drei Jungen zurück. Sie stürmten noch einmal an den großen Tisch hinauf und übten Kritik an den Geschenken.

»Die Verwandten waren wieder recht anständig,« meinte Lotte anerkennend; »die Mädel aus der Schule ziemlich poplich.«

»Ich habe achtundzwanzig Gegenstände zum Weiterverschenken bereits fortgepackt,« sagte Ella, die gerade die Gläser wegräumte, ohne auf die entrüstete, beleidigte Miene der kleinen Schwester zu achten.

Um neun Uhr brachte der Rat Gretchen nach Haus. Mäxchen war bereits schlafen gegangen. Franz mußte hinauf, um noch lateinische Vokabeln zu lernen. So blieb Lotte, die auf des Vaters Rückkehr im Garten warten sollte, mit Fritz allein auf dem Spielplatze.

Das Mädelchen war sehr abgespannt von dem ereignisreichen Tage. Sie gähnte und streckte die Arme reckend von sich. Dann schwang sie sich auf den Barren, starrte in die Luft und baumelte schlenkernd mit den Beinen. Fritz kletterte aufs Reck und ließ sich dort nieder, mit dem Arme die Kletterstange umfassend und näher zu sich heranziehend. Er blickte zu Lotte hinab, die er in der Dunkelheit nur noch schwer erkennen konnte. Er sah nur ihre blonden Haare im Mondenschein schimmern. Eine weiche Stimmung kam über ihn.

»Nu bist du schon Elfe, du kleines Schaf!« sagte er zärtlich, »und ich bin schon bald Vierzehn und 'n halb. Bist doch noch 'n recht junges Puttchen!«

«Ja, ja,« gähnte Lotte, nur halb zuhörend.

»Weißte, Kleine, mein Onkel hat sich mit Fünfzehn mit seiner Frau verlobt –«

»Nanu, der hatte aber 'n gewaltigen Piep,« sagte Lotte; aber sie suchte doch, wacher zu werden. »Wie alt war sie denn?«

»Zwölfe!« – Pause.

»In einem Jahr sind wir beide grade so alt, wie die waren!«

»Dann können wir uns ja meinsmegen auch verloben!« meinte Lotte gleichgültig.

»Magst du mich denn?«

»Ollet Schaf!«

»Nee, nee, Lotte, ich meine es ernst! Du mußt mir antworten! Karl und Eugen Holzen haben auch schon 'ne Liebe! Ich möchte auch 'ne Liebe haben!«

»Ach ja, ich auch!« rief Lotte entzückt und nun ganz munter.

»Na, denn sag doch, ob du mich magst?«

Nur eine kleine Pause erfolgte, während der die Gefragte ernst nachdachte.

»Ach ja,« meinte sie dann, »ich mag dich sehr, du bist doch immer so hübsch und so – so – frech, na, du weißt schon, ich meine, wie 'n richtiger Mann. Nur stubsen, kneifen und hauen darfste mich nicht mehr, verstehste?«

»Nee, das thue ich auch nich' mehr, Lotte!«

»Franz ist viel netter zu mir!«

»Unsinn, von heute ab nich mehr. Jetzt bin ich dein Schatz!«

»Ei fein, ja!« flüsterte Lotte ordentlich schämig. »Magst du mich denn?«

»Aber doll,« rief er energisch, »du bist doch wirklich 'n nettes Mädel und niedlicher Käber obendrein!«

»Fritze Weber hat 'n Käber, an de Lunge, an de Zunge, an de Leber!« citierte Lotte schnell abgelenkt. Der Liebhaber war darüber gar nicht weiter beleidigt. Er rutschte von der Stange herunter und kam zu ihr. Auch sie sprang vom Barren. Unwillkürlich ergriff er ihre Hand.

»Du!« – er stieß sie mit der Schulter. »Ich glaube, wenn man 'n Schatz hat, muß man ihm 'n Kuß geben!« zögerte er hervor.

»Woll'n wir doch auch thun!« willigte sie ein.

Fritz beugte sich zu ihr und gab ihr einen schallenden Kuß; aber sie riß sich los und wischte ihn ab: »Nee, Fritz, das thun wir nicht wieder, das ist eklig! Man kann auch so Schatz sein!«

»Mir ist's recht!« sagte er leichthin. »Ich hörte mal, so was kommt immer erst später! Aber höre mal du, du darfst's nun niemand erzählen, auch Franz und Max nicht. Das Geheimnis ist immer die Hauptsache dran!«

»Na, bon! Das heißt, Greten sage ich alles! Aber nur der!«

»Hand drauf!«

»Hier!« Sie schüttelten sich die Hände und kletterten befriedigt wieder auf den Barren.

»Lotte!« rief plötzlich der Rat, der seine Tochter abholte, ahnungslos, welch bedeutender Wendepunkt in ihrem Leben soeben eingetreten war.

Auch der Major schrie hinab: »Fritz! Sofort antreten!«

»Gute Nacht, Fritz!« – »Gute Nacht, Lotte!« riefen sie sich heute schmelzend zu.

Als das kleine Mädchen endlich todmüde im Bett lag, die geliebte Puppe im Arme, flüsterte sie ihr ganz leise zu: »Du, Feodora, sag's aber nicht weiter: ich habe jetzt auch einen Schatz; aber Papa hat gesagt, 'ne Range darf ich noch bleiben!«

Ende.

Über tredition

Eigenes Buch veröffentlichen

tredition wurde 2006 in Hamburg gegründet und hat seither mehrere tausend Buchtitel veröffentlicht. Autoren veröffentlichen in wenigen leichten Schritten gedruckte Bücher, e-Books und audio-Books. tredition hat das Ziel, die beste und fairste Veröffentlichungsmöglichkeit für Autoren zu bieten.

tredition wurde mit der Erkenntnis gegründet, dass nur etwa jedes 200. bei Verlagen eingereichte Manuskript veröffentlicht wird. Dabei hat jedes Buch seinen Markt, also seine Leser. tredition sorgt dafür, dass für jedes Buch die Leserschaft auch erreicht wird.

Im einzigartigen Literatur-Netzwerk von tredition bieten zahlreiche Literatur-Partner (das sind Lektoren, Übersetzer, Hörbuchsprecher und Illustratoren) ihre Dienstleistung an, um Manuskripte zu verbessern oder die Vielfalt zu erhöhen. Autoren vereinbaren direkt mit den Literatur-Partnern die Konditionen ihrer Zusammenarbeit und partizipieren gemeinsam am Erfolg des Buches.

Das gesamte Verlagsprogramm von tredition ist bei allen stationären Buchhandlungen und Online-Buchhändlern wie z. B. Amazon erhältlich. e-Books stehen bei den führenden Online-Portalen (z. B. iBookstore von Apple oder Kindle von Amazon) zum Verkauf.

Einfach leicht ein Buch veröffentlichen: **www.tredition.de**

Eigene Buchreihe oder eigenen Verlag gründen

Seit 2009 bietet tredition sein Verlagskonzept auch als sogenanntes "White-Label" an. Das bedeutet, dass andere Unternehmen, Institutionen und Personen risikofrei und unkompliziert selbst zum Herausgeber von Büchern und Buchreihen unter eigener Marke werden können. tredition übernimmt dabei das komplette Herstellungs- und Distributionsrisiko.

Zahlreiche Zeitschriften-, Zeitungs- und Buchverlage, Universitäten, Forschungseinrichtungen u.v.m. nutzen diese Dienstleistung von tredition, um unter eigener Marke ohne Risiko Bücher zu verlegen.

Alle Informationen im Internet: **www.tredition.de/fuer-verlage**

tredition wurde mit mehreren Innovationspreisen ausgezeichnet, u. a. mit dem Webfuture Award und dem Innovationspreis der Buch Digitale.

tredition ist Mitglied im Börsenverein des Deutschen Buchhandels.

Dieses Werk elektronisch lesen

Dieses Werk ist Teil der Gutenberg-DE Edition DVD. Diese enthält das komplette Archiv des Projekt Gutenberg-DE. Die DVD ist im Internet erhältlich auf **http://gutenbergshop.abc.de**